ハヤカワ
時代ミステリ文庫
〈JA1452〉

オランダ宿の娘

葉室 麟

早川書房

8576

オランダ宿の娘

第一部

序

　いるんが世の中で一番、恐ろしいと思っているのは火事だった。百数十年も昔に江戸で起きた明暦の大火の話を幼いころから母親に聞かされてきた。

　明暦三年（一六五七）正月十八日、本郷の本妙寺から出火すると激しい北風に煽られて火は市内に燃え広がった。

　俗に〈振袖《ふりそで》火事〉と呼ばれる大火災には、こんな因縁話が伝えられた。

　大増屋《おおますや》十右衛門《じゅうえもん》という町人の娘おきくが、花見の時に美しい寺小姓を見初めた。小姓が着ていた着物の模様に似せた振袖をこしらえてもらい、寺小姓を想い続けたが間もなく病みついて十六歳で亡くなった。

　棺《ひつぎ》には娘が愛した振袖がかけられた。葬儀の後、振袖は古着屋へ売られ、本郷元町の麹《こう》屋吉兵衛《じゃきちべえ》の娘お花の手に渡った。ところが、お花も病気になり、翌年、死亡した。

振袖は再び古着屋の手を経て麻布の質屋、伊勢屋五兵衛《いせやごへえ》の娘おたつのものとなった。間もなくおたつも病に臥《ふ》せって亡くなった。

娘たちは皆十六歳だった。葬儀の度、棺には同じ振袖がかけられて寺へ運ばれた。

このことを怪しんだ僧が親に相談して、振袖を本妙寺で供養することにした。和尚が読経し、振袖を火の中に投じたその時、突如吹いたつむじ風で振袖に火がつき本堂の屋根まで舞い上がった。それが燃え広がって江戸中が大火となったというのだ。

本石町《ほんこくちょう》にも火事は燃え広がった。るんからさかのぼって数代前にあたる家族は家から飛び出した。市中は煙のため薄暗くなり、息苦しいほどだった。避難先を探して逃げ惑うひとが道にあふれ、助けを請うた家には断られた。ようやく西の郊外にまで行って農家に泊めてもらったがなまじっか江戸市中で避難先が見つからなかったのは、むしろ幸運だった。

火災は翌日まで続き、猛火は江戸城にまでおよんだ。天守閣の弾薬に引火して爆発し、西の丸は黒煙に覆われた。このため四代将軍家綱《いえつな》が御庭に避難する事態にまでなった。

この火災で市中の六割が焼失し、死者は十万人にもおよんだ。江戸の町が焼け野原になり、真っ黒な焼死体がごろごろしていたという。

江戸の大火に娘たちが結びつけられるのをるんは哀しく思った。

大火は娘の持つ妖しさを呼び覚まし、狂わせるのだろうか。

明和九年（一七七二）二月には〈目黒行人坂《めぐろぎょうにんざか》の大火〉が起きた。〈振袖火事〉に匹敵するほどの火災だった。行人坂の大円寺から出火し、市中に燃え広がり、死者一万四千七百人、行方不明者四千六十余人といわれた。

この火事では、袋小路で逃げ場を失って焼死した人々が多かったため、以後、幕府では袋小路を禁止したという。

るんの母、おかつが生まれる前の火災であったが、いずれの火災でも家を焼かれたため、その恐怖と苦痛は代々、語り継がれてきた。

るんの生家、長崎屋は何代も続いた、江戸に参府するオランダ使節の定宿《じょうやど》、阿蘭陀《おらんだ》宿だったからだ。

火災を恐れるのは、オランダ使節が将軍や幕閣に献上する品物を長崎屋の蔵に納めるからで、これらの献上品が焼失すればオランダ使節の参府の意義も失われてしまう。

火事は文化三年（一八〇六）三月四日にも起きた。丙寅《へいいん》の年だったことから〈丙寅の大火〉と呼ばれた。泉岳寺付近から出火した火災は芝、京橋、日本橋、神田、浅草と燃え広がった。

十二万六千戸が焼け、死者は千二百人を超えた。このため幕府では市中八か所に御救《おすくい》小屋を建てて炊き出しを行い、十一万人以上の被災者に御救米銭を与えた。

御救小屋の前には、着の身着のままで焼け出されたひとびとが、髪は焼け焦げ、黒く汚れた顔で列をつくった。誰もが絶望的な眼差しを焼け跡に向けた。立ち直る気力はなく、希望などなかった。その日を生き延びるだけで精一杯だった。

るんがまだ生まれる前の話だが、父親の源右衛門《げんえもん》とかつにとっては生涯での大きな困難だった。

源右衛門は二十三歳、おかつは十七歳で夫婦になったばかりだった。

この時、長崎屋にはオランダ使節の長崎オランダ商館長、ヘンドリック・ドゥーフが滞在していた。

ドゥーフは蘭和辞典を編集し、日本における蘭学の興隆に功績があった商館長だ。

このころ、蘭学は江戸の知識人の間でひそかな流行となっており、寛政八年（一七九六）に蘭学者の稲村三伯《いなむらさんぱく》はオランダ人フランソア・ハルマの「蘭仏辞典」を訳し、日本で最初の、オランダ語辞書『波留麻和解《はるまわげ》』を編纂《へんさん》していた。

ドゥーフは、オランダ通詞十一人とともに蘭和辞書の編纂に取り組んだ。

この辞書『ドゥーフ・ハルマ』は、『波留麻和解』が〈江戸ハルマ〉と呼ばれたのに対して、〈長崎ハルマ〉と称された。

ドゥーフは日本語の日常会話をこなし、京都祇園《ぎおん》の茶屋で鮮やかに豆腐を切る女中に感心して、

——稲妻のその手借りたし草枕
という俳句まで詠《よ》む日本通だった。

ドゥーフの記録によると、午前十時ごろに出火し、午後三時ごろには長崎屋の周辺まで火が迫ってきた。外に出てみると周囲はすでに火に包まれており、風上をめざし、広い野原へと出た。そこには大名たちの家族も避難しており、ドゥーフはオランダの小旗を立て、自分たちの目印《めじるし》にした。見渡すと江戸の町は一面、火の海となっており、地獄絵図のようだった。

——今や火事は一望の中にあり、その怖ろしき光景はかつておぼえのないほどにて、女子供の悲鳴とうなり声、燃えさかる火焔《かえん》の只々《ただただ》すさまじ

と書き残している。

翌日、激しい雨が降り鎮火した後、長崎奉行の屋敷に避難していたドゥーフのもとを源右衛門が訪れ、悄然とした様子で長崎屋が焼け落ちたことを告げた。さらに源右衛門は畳に頭をすりつけるようにして懇願《こんがん》した。

火災で損害を受けたため援助をしてくれないか、という頼みだった。

この心優しき商館長は源右衛門に同情して、長崎屋再建のため一籠《かご》二十四斤の砂糖を八十籠贈ることを約束した。

高価な砂糖を売ることで再建資金を得るのである。ドゥーフはバタヴィア（ジャカルタ）の政庁に申請し、長崎屋に三年の間、年に砂糖二十俵を贈り続けた。

長崎屋ではこのことに深い恩義を感じ、おかつが幼いるんに話す火事の話の最後は、

「カピタンさんの恩を忘れちゃ、罰があたるよ」

という言葉で締めくくられるのだった。カピタンとはオランダ商館長のことである。るんにとって、火事への恐れの気持はカピタンさんの温情の記憶と深く結びついた。

長崎屋には番頭、手代、小僧に女中まで含めると十人の奉公人がいた。主人一家は源右衛門夫婦にるんと二歳年下の妹美鶴《みつる》の娘ふたりだった。

るんと美鶴の姉妹がカピタンに親しんだのは文政元年（一八一八）、るんが十一歳、美鶴が九歳の時だった。それ以前はふたりとも子供すぎて、カピタンの前に出て挨拶はしたことがなかった。

初めてカピタンに会った時、ふたりは目を大きくしてその異容を見つめた。何より鼻が高い。

「天狗様みたい」

るんが思わず言うと、源右衛門が笑いながら通訳した。そのカピタンは大声で笑った。

「わたしは遠い国からきたテングです」

カピタンはふたりにていねいなお辞儀をして贈物を差し出した。世話になった長崎屋の人々への感謝の気持だという。

「物を贈るのは相手を大切に思う気持を伝えるためです。ふたりのお嬢さんが幸せな一生を送れるよう願っています」

カピタンはやさしく笑って、金の縁つきのカップ二個、小さなボタン十二個を贈った。

さらに、その大きな掌でるんと美鶴の小さな手を包みこんで指輪を手渡した。二人がそっと掌をひらいてみると銀で造られた指輪が輝いていた。

るんと美鶴は目を丸くして銀色にきらめく指輪を見つめた。

ふたりは連名の礼状をしたためた。手紙は通詞がオランダ語に訳したものと合わせて届けられた。礼を述べた文面の最後に長崎屋るん、美鶴の署名があり、

かひたん様

返す〳〵折からすい分〳〵御いとゐ遊し候様、そんし上まいらせ候、みな〳〵くれ〳〵よろしく申上たく申付候、めてたくかしこ

と結ばれた水茎《みずくき》うるわしい手紙をテングは喜んで受け取った。

一

――文政五年三月。

るんは十五歳、美鶴は十三歳になった。

この日、長崎屋は朝からあわただしかった。源右衛門は二階への階段を踏み外して「痛たた――」

と大仰な悲鳴をあげた。それでも店の者たちが気にもかけないのは、長崎屋の内向きは、女房のおかつが実際の采配を振るっているからで、源右衛門の悲鳴も素知らぬ顔で帳場から女中や男衆に厳しい目を向けて声をかけている。店の者たちも、おかつの命令一下動き回るという風だ。

源右衛門はさきほどまで店の前で小僧たちを指揮して幔幕《まんまく》を張らせていた。赤、白、青色の毛織地の布を縫い合わせた幔幕で、まん中の白い布には異国の文字を組み合わせた奇妙な紋所が入っていた。

アルファベットのVの字にOとCをからませた形である。これはオランダの貿易商社、オランダ東インド会社の頭文字（Vereenigde Oostindische Compagnie、略称VOC）を組み合わせた紋なのだという。

この幔幕が長崎屋にかけられるのは、参府したオランダ使節の一行が長崎屋に泊まっているという証《あかし》だ。

長崎屋が阿蘭陀宿を務めるようになったのは寛永年間からである。

元来、長崎屋は、家康の江戸入府に従った長崎出身の江原源右衛門が日本橋石町で開いた薬種問屋だった。

薬種商のかたわら、当時、日本に来ていたポルトガル人やスペイン人の旅宿も兼ねていたが、鎖国により、オランダ人の定宿になった。長崎会所から役料、賄い料の支給があるため長崎奉行の支配を受けている。

幔幕を張り終えた源右衛門は何かを思いついたらしく、あわただしく二階へ駆け上がろうとして足をすべらせたのだ。

二階はオランダ使節のカピタンたちが泊まる部屋になっている。このため一階と二階にそれぞれ戸が立てられて隔離され、部屋の三方が壁で一方の上部に小さな窓があるだけだ。薄暗い畳の部屋に絨毯《じゅうたん》が敷かれ、椅子やテーブルが置かれている。

源右衛門が向こう脛《ずね》を手でさすりながら帳場に入ると、おかつはさっと座を空けた。源右衛門の前に煙草盆を差し出し、笑みを含んで言った。

「長崎屋の主人がばたばたしちゃ、店の者も落ち着きませんよ。煙草でも吸って、でんと構えてくれなくっちゃ」

おかつは、色白ですっきりとした細面で、眉の剃りあとも青く鉄漿《おはぐろ》をつけている。三十三歳になるが肌はつやつやかだ。

「そうは言っても、まさかカピタンが五日も早く来るとは、思わなかったからな」

月代《さかやき》を剃りあげた本多髷《ほんだまげ》の色黒で眉が太い源右衛門は、ぐふうとため息をついて帳場の囲いに寄りかかった。煙草入れから銀造りの煙管を取り出して煙草を吸った。

十代のころは柔術の道場に通ったこともあるという骨太でがっちりとした体つきだ。長崎の生まれでオランダ通詞の見習いをしていたが、オランダ使節の江戸参府の供をして出てきた時に、先代源右衛門の目に留まり家つき娘のおかつの婿になった。

南国生まれらしく婿養子という卑屈さを持たないが、それだけに、何事も大雑把《おおざっぱ》で鷹揚《おうよう》に過ぎるようだ。先ほどから動きすぎて紋付き羽織の紐が解けかけている。

おかつは、手を差しのべて羽織の紐を結んでやりながら言った。

「カピタンさんが長崎を発ったのが三月二日、江戸まで、ざっと一月の旅ですから三十一日のきょう着いても不思議なことはありません」

「だけど、これまでは京の海老屋さんあたりで、ゆっくりしてからお出でだったのに」

従来はオランダ使節一行が到着する二、三日前に二階の修繕などを行い、在府の長崎奉行所役人の検分を受ける。さらに到着の前夜から町奉行所の普請役二人、同心二人が長崎屋に詰めて警備にあたる。ところが今回に限って、今朝、いきなり前ぶれが着いて、きょうカピタン一行が長崎屋に入ることを告げたのだ。

源右衛門は、ふと気づいたように大声を出した。

「おい、おおい、沢之助《さわのすけ》はいないか」

台所から若い男が帳場に顔をのぞかせた。あごが長く、目が垂れていて愛敬があった。京の阿蘭陀宿海老屋の三男坊で、長崎屋に見習いのため預けられていた。源右衛門は手招きした。

「沢之助、海老屋さんじゃ、近ごろカピタンのあつかいに手を抜いていないか」

「まさか、そんなことありまへん」

沢之助は上方言葉をまじえて手を振った。

長崎屋では店を継がせるために、るんか美鶴に婿をとらねばならない。

同じ阿蘭陀宿の海老屋から婿を迎えてはどうか、というのが源右衛門の考えで、沢之助は去年から長崎屋にやってきていた。ところが沢之助は思いのほか遊びなれた男で、江戸に来るとすぐに吉原へ通うようになった。時おり、

「なんでげすなあ」

などとしなをつくって吉原の幇間《ほうかん》言葉を口にしたりする。ひょうきんな顔だけに、なんとも似つかわしくない。しかも遊び過ぎだと源右衛門から小言を言われると、

「わては不細工やから、何事も一生懸命にせな、女子はんにもてまへん。そやさかい吉原で一生懸命修行してますのや」

などと言う。そんなところがおかつの気に入らず、いつのまにか話は立ち消えのようになったが、沢之助自身は平気な顔で働いていた。

「そうか、そんならいいんだが。カピタンが、いやに早く江戸に着くというんでな」

お上からカピタン一行来着の知らせがあってから、店の者はばたばたと用意に走り回っ

ているのだ。源右衛門に念押しされるまでもないとおかしかったが、あえて顔には出さなかった。

長崎の出島にあるオランダ商館から江戸に参府するカピタン一行のため、小倉、下関、大坂、京に定宿がある。京の海老屋は長崎屋同様、阿蘭陀宿の中でも大店である。

今年、参府するカピタンのヤン・コック・ブロムホフは四年前、文政元年に江戸に来てるんと美鶴に指輪を贈っていた。

ブロムホフは栗毛の髪をして肌の白いととのったやさしげな顔をしている。三十三歳の男盛りだ。文化十四年（一八一七）三月、新任の商館長として来日したが、この時、妻と二歳の息子を伴っていた。商館長が家族同伴で来日したという例はなく、幕府はこれを認めず、ブロムホフはやむなく妻子を帰した。

参府を勤めてから、ブロムホフは帰路、八日ほど京に滞在した。先斗町《ぽんとちょう》の芸妓と遊んでのことらしい、と源右衛門の耳にも入っていた。だから、今回の参府では京で馴染《なじ》みの芸妓と逢瀬を楽しんでから来るのではないか、と思っていたのだ。

ひょっとして、海老屋がカピタンの先斗町遊びを嫌って早めに発たせたのだろうか。源右衛門が聞きたいのは、そのことではないかと沢之助は察した。

「うちの親父に限って、カピタンはんが江戸に下る前に芸者遊びなぞさせる気遣いはおまへん」

沢之助は、江戸に来て間無しに吉原の馴染み客になった遊び人だが、父親はそうではないらしい。

「海老屋さんは堅いおひとだからな」

源右衛門はうなずいた。海老屋の主人、村上等一《むらかみとういつ》は生真面目な人柄だけに、ブロムホフが女遊びで長逗留しては困ると早めに発たせたのかもしれない。

おかつがブロムホフをかばうように言った。

「カピタンさんは、御家族と一緒にはるばる出島にお出でになったというのに、オランダ人の女のひとは一緒に住むお許しが出なくて、泣く泣く奥方様やお子様をお帰しになったそうじゃありませんか。それで、おさびしいんですよ」

おかつはブロムホフの家族を思って、目にうっすらと涙を浮かべた。

源右衛門はおかつに同意するようにうなずいたが、ブロムホフは艶福家《えんぷくか》で、長崎でも遊女と馴染みになっていることを知っていた。

長崎には丸山という大きな遊郭があった。丸山遊郭の遊女は美しい女が多いことで知られ、出島のオランダ人や唐人屋敷の唐人が主な客だった。ブロムホフは遊女に人気があり、なじんだ遊女も何人かいるはずだ。

カピタンたちは、日ごろ長崎の出島で籠《かご》の鳥のような暮らしをしている。女の慰めが欲しいだろう、と源右衛門は男として同情するところがあった。

出島は、寛永十一年（一六三四）に幕府により造られた扇型の人工島で、総面積三千九百六十九坪余、海に面した部分は百十八間（約二一二メートル）あった。周囲は板塀がめぐらされ、二本の石橋で陸地とつながっているだけで、小舟を近づけないため十三本の杭が打ち込まれていた。

あたかも海に浮かぶ牢獄だった。出島のまわりには残飯目当てで鴎が飛び交っていたが、まるで出島から出ることを許されないひとびとを嘲弄《ちょうろう》するかのようだった。

長崎生まれの源右衛門は出島の光景を思い浮かべていたが、ふと思い出したように言った。

「そう言えば、るんと美鶴はどうした。カピタンがお着きになったら挨拶に出なくちゃならないだろうが」

「それが、鷹見様の御屋敷に行ってるんですよ」

「なんだって。またどうして、きょうみたいな日に行かせたんだ」

源右衛門は目をむいた。

鷹見《たかみ》十郎左衛門《じゅうろうざえもん》は下総国古河《こが》藩の藩士で二百五十石、公用人である。西洋の文化に関心が深い、いわゆる〈蘭癖《らんぺき》〉で長崎屋をよく訪れていた。

妻の富貴《ふき》とともに、二人で長崎屋を訪れ、オランダ使節がもたらした珍品に目を輝かせて見入ることもあった。

近頃、富貴が心ノ臓の病で伏せっていることを聞いた長崎屋では、るんと美鶴に見舞いに行かせることにしていた。十郎左衛門夫婦に娘たちがかわいがってもらっていたからだ。

「十日も前から決まってたじゃありませんか。それに、鷹見様の奥方様にお届けする人参のいいのが入ったら、すぐにうかがえって言ったのはお前さんですよ」

「そりゃあ、そうだが、何もきょうじゃなくてもよかっただろうに」

「駒次郎さんが一緒ですから、時刻をみはからって帰ってきますよ」

「なんだ、あいつまで行っているのか」

「鷹見様は、駒次郎さんからオランダの話を聞くのを楽しみにしておられるのですよ」

沢駒次郎《さわこまじろう》は十八になる若者だ。眉があがり、すずしい目許をしたととのった顔立ちで、オランダ通詞というより江戸の旗本の三男坊といっても通りそうだ。

駒次郎は四年前、ブロムホフの江戸参府に伴って江戸に来て以来、長崎屋に逗留していた。幕府の天文方に出仕し、いまは蛮書和解御用《ばんしょわげごよう》を務めている馬場佐十郎《ばばさじゅうろう》に師事して勉学に励んでいた。

父の沢助四郎《すけしろう》は長崎のオランダ通詞だったが、不祥事があって通詞を辞めた。その後、薬種商を営んでいたがうまくいかず五年前、失意のうちに亡くなった。

源右衛門と助四郎は幼いころからの友人だった。このため江戸で学びたいという駒次郎を、源右衛門は引き取ったのである。駒次郎は長崎屋の仕事を手伝いつつ馬場佐十郎の屋敷に通っている。

近ごろ源右衛門は、駒次郎がるんや美鶴と親密であることに気を揉《も》んでいた。

「ついて行く者はほかにいるだろうに」

源右衛門が口の中でぶつぶつと言った時、表から手代が駆け込んできた。

「カピタン様のお着きでございます」

えっ、と源右衛門が慌てふためくうちに、町奉行所の同心が店に入ってきた。急いで外へ迎えに出ようとする源右衛門に、同心が声をひそめて言った。

「出迎えは無用だ」

常は、まず江戸在府の長崎奉行所の町役人に到着が知らされ、品川あたりで出迎える。何もかも段取りが違うと源右衛門が戸惑っているところに、ブロムホフが店に入ってきた。黒絹の長外套《なががいとう》に金色の胸紐《むねひも》がついた青い上着を身につけてサーベルを吊《つ》っている。

傍らに十五、六歳の若者を連れていた。

オランダ使節の一行はカピタンと書記、医師などの随員を含めて四人のオランダ人と、ほかに長崎奉行所の検使、通弁、書記、料理人、献上物の運び人足など総勢五十九人だ。カピタンたちオランダ人は長崎屋に宿泊し、他の者は近くの旅籠に分宿するため、長崎屋の外はにぎわっていた。

ブロムホフはいつもの笑顔を見せず、店の中を見まわした。ひとの目を警戒しているかのような緊張した表情だ。源右衛門は若者に目をとめて、思わず声をあげそうになった。

少年は髷《まげ》を結い、紺絣《こんがすり》の着物を着て袴をつけていたが、色白の彫りの深い顔立ちで、目は青く、明らかに異国の血を引いていると見て取れた。源右衛門はうかがうようにブロムホフに顔を向けた。

「彼は道富丈吉《みちとみじょうきち》と言います」

ブロムホフは片言の日本語で言った。

（あの方に似ている）

源右衛門は目を丸くして、丈吉の顔を見つめた。

そのころ、るんと美鶴は赤坂御門に近い鷹見十郎左衛門の屋敷にいた。古河藩の上屋敷は赤坂御門内にある。

二人の訪れを十郎左衛門は喜んだ。

「よう来てくれたのう。そなたたちの顔を見るのを富貴は楽しみにいたしておる」

十郎左衛門はにこやかに言った。額が広く鼻筋が通り、目が俊敏そうに輝いてあごがとがり、どこか鷹を思わせる顔つきだ。名を忠常《ただつね》、字《あざな》を伯直《はくちょく》という。楓所《ふうしょ》、泰西堂《たいせいどう》、可琴軒《かきんけん》などと名のったりしたが、後に泉石《せんせき》と号した。

十郎左衛門が蘭学に興味を持つようになったのは十八年前のことだ。

ロシアは寛政四年（一七九二）にラックスマンが漂流民の大黒屋《だいこくや》光太夫《こうだゆう》を送り届けた際、老中松平定信《まつだいらさだのぶ》との間で国交を開く約束を交わしていた。

文化元年（一八〇四）、ロシア使節レザノフが国交を求めて来日した際、十郎左衛門の主君の土井《どい》利厚《としあつ》は海防掛老中だった。

レザノフは約束の履行を求めに来たのだが、幕府は半年間にわたって長崎に留めおいたあげく国交を拒絶した。すでに定信は失脚しており、幕府の外交方針は一定しておらず、ぐらついていた。

十郎左衛門は、海外知識の必要性を痛感し、オランダ語を学んだ。天文、地理から動植物にいたるまで蘭学の知識を吸収することに努め、蘭学者大槻玄沢《おおつきげんたく》が主宰する会で大黒屋光太夫に会ってロシア語も学んだ。

ブロムホフが初めて江戸参府したおりに、面会した十郎左衛門は、

――ヤン・ヘンドリック・ダップル（Jan Hendrik Daper）

という洋名をつけてもらっていた。このころ蘭学に関心を持つ者の間では西洋の名をつけることが流行していた。

十郎左衛門は、蘭癖仲間への手紙には好んでダップルと署名した。それまで鷹見の姓にちなんで「ファルク（鷹）」を自称していたのだが、ブロムホフが西洋名をつけてくれたので、喜んで変えた。長崎屋に訪れたおりなど、るんや美鶴が、

「ダップル様」

と呼びかけると機嫌のいい顔をした。

富貴は寝床から体をおこしていた。ほっそりとしたひとだが、病のためか頬にやつれが見えた。

「ご無沙汰《ぶさた》をいたしておりました。御加減《おかげん》はいかがでしょうか」

るんが広縁に手をついて挨拶《あいさつ》すると、富貴はゆっくりと会釈を返して、

「もう随分いいのですが、なんだか怠け者になったようで旦那様に申し訳なく思っています。きょうは結構なお見舞いまでいただいて」

るんが持参した風呂敷包みに目をとめた。るんは包みを解いて、紙に包まれたカステラを取り出した。

「まあ、おいしそうですね」

富貴は微笑んだ。るんと美鶴は嬉しくなって顔を見合わせた。

富貴は枕もとに置いていた数枚の紙を手に取った。

「きょうはおふたりが見えるということで、旦那様よりこれをご覧いただくお許しを得ております」

富貴が差し出した紙には、なにやら模様が描かれていた。るんは手に取って見た。六方にのびた放射形の図が描かれている。脇からのぞきこんだ美鶴が澄んだ声で訊いた。

「これはなんでございましょうか」

富貴はにこりとした。

「これは雪なのだそうです」

「雪ですか？」

るんが首をかしげた。とてもそうは見えなかった。

「蘭鏡《らんきょう》で雪を見ると、このような形をしているのだそうです」

「本当ですか」

るんは驚いて、あらためて図を見た。蘭鏡とは顕微鏡《けんびきょう》のことである。

どんな小さな物でも大きく見えるオランダ渡りの覗きカラクリがあると阿蘭陀宿の娘だけにるんも聞いたことがあった。

それでも、雪がこんな形をしているとは思ってもいなかった。

「きれいな模様――」

美鶴はうっとりした声で言った。美鶴は美しい物がことのほか好きなのだ。

「御世子様が八年前から雪を蘭鏡で御覧になって描かれているのです。もう、ずいぶん、いろいろな雪の図をお描きになったそうです」

世子とは三河国刈谷の分家から利厚の養子となった利位《としつら》のことだ。十郎左衛門は利位の御学問相手も務めており、影響を受けた利位は蘭鏡による観察を趣味とするようになった。

中でも利位が興味を持ったのが雪だ。

雪を顕微鏡でのぞくと六方晶の美しい形をしている。見た目ではただ白い粉のようでしかない雪に決まった形があるのだ、ということに利位は興奮した。雪が降り始めるころ、見やすいように黒漆の器にのせた雪を蘭鏡で覗き込む利位の姿は、藩邸で見慣れたものになっていた。

るんと美鶴は他の図も見ていった。そこにはさまざまな模様が描かれていた。美鶴が目を輝かせて言った。

「これを着物の柄にしたら面白そう」

るんも笑顔でうなずいた。

「奥方様にお似合いの柄になると思います」

富貴は苦笑して、頭を振った。

「御世子様が御苦心された雪の図をそのように使うわけには参りません。でも先では書物にして板行される、と旦那様も言われますので、ひょっとしたら誰もが目にすることができるようになるかもしれませんね」

実際、天保年間になって利位は研究の成果を『雪華図説』として出版する。江戸の町人たちも雪の結晶がどのような形をしているかを初めて知り、着物などにその模様が流行した。

るんたちがしばらく富貴と話した後、十郎左衛門のいる座敷に行くと、駒次郎が首をかしげて何か思案していた。

駒次郎は町内の娘たちから、「役者のようだ」などと騒がれていたが、本人はそんなことにまったく頓着しない。若い娘と話す機会があっても、

「この国とオランダのひとの心をつなぐ通詞になりたい」

と語るだけで、浮いた噂ひとつない。

「駒次郎はんは、ほんまにもったいないなあ」

と沢之助などは、おかしがっている。もっとも、るんは駒次郎から、

「わたしの父は、抜け荷をしているというあらぬ疑いをかけられて通詞を辞めさせられたんです。父の無念を晴らすためにも、立派な通詞になりたいんです」

という胸のうちを聞かされたことがある。

駒次郎は江戸で勉学を終えたら、長崎に戻って通詞になるのだろうけど、いつまでも江戸にいてほしい。

顔を見るたびに、るんの胸にそんな思いがよぎるのだった。

駒次郎の方はどうなのだろう。るんを見る目はやさしかったが、兄が妹を見つめるようなやさしさなのかもしれない。

「どうかしたのですか」

るんが訊くと、十郎左衛門はすまなそうな顔で答えた。

「いま、無理な頼みを駒次郎にしてしまったのだ」

「どのようなご依頼ですか」

るんは駒次郎の顔を見た。

「鷹見様はテリアカをお求めになりたいということです」

「テリアカとは何ですか」

るんには初耳だった。すると美鶴が落ち着いた声で言った。

「お薬のことでしょう？」

るんは美鶴を振り向いた。美鶴がなぜ、そんなことを知っているのだろうか。

「沢之助さんが言ってました。何にでも効く南蛮渡来のお薬があって、京の海老屋さんで売ろうとしてるんですって。沢之助さんはそれをうちでも売るようにお父っつぁんに勧めてました」

十郎左衛門がうなずいた。

「どうも昔からあるものらしいが、近頃、杉田《すぎた》玄白《げんぱく》殿や前野良沢《まえのりょうたく》殿ら名だたる蘭学者も書物に書いておられる。万病に効く薬だということだ」

テリアカはギリシャ人によって発明され、アラビア人によって盛んに使われた。毒蛇の肉、多種類の薬草など多種多様なものが入れられて処方された霊薬だったという。中国にも万能薬底也伽《テリアカ》として伝えられた。日本でも奈良時代の医師たちは知ってはいたが実際に使うことはなく、知識だけが伝わっていた。近世になって中近東からヨーロッパに伝わり、ポルトガル人やオランダ人によって再び日本にもたらされていた。

「そんなに効くお薬なんですか」

るんは目を丸くした。

「だったら海老屋さんから取り寄せればいいじゃないですか」

駒次郎はちょっと困った顔になった。

「たしかにそうなんですが、昔から名前だけが知られている薬なんです。だから、どこの商人もそれらしい薬にテリアカと名づけて売るんです。本物だと言えるものはめったにないそうです」

漢方医の間でも、

——贋物《にせもの》ならざるは稀《まれ》なり

とされているのだという。

「ということは、海老屋さんのは本物ではないのですか?」

るんが驚いて言った。

駒次郎はあわててつけ加えた。

「いえ、そういうわけではありません。あちこちでそれぞれ違うテリアカが作られているということなんです。中には毒蛇から作るものまであるそうです」

製法について西洋では、ローマ皇帝ネロの侍医であったアンドロマケーが発明した解毒剤だと伝えている。毒蛇の頭と尾を切り捨てて、その肉を煮てパン屑や香料と混ぜ、粉末にしたうえでクレタ島産の酒、アッティカ産の蜂蜜と混ぜ合わせたものでローマ皇帝に捧げられたという。

駒次郎がそんなことを話すと、るんは顔をしかめた。

「毒蛇を使った薬なら、わたしはご免こうむりたいです」

十郎左衛門は笑った。駒次郎が話した内容を十分に承知しているようだ。

「しかし、これだけ昔から言われているものなのだから本物もきっとあるに違いない。ブロムホフ殿ならば本物をお持ちではないかうかがって欲しいのだ。わしもブロムホフ殿にお目にかかりに長崎屋に参るつもりだが、その時は御世子様もお出向きになられる。私事を話すわけにもいかぬからな」

十郎左衛門は、ブロムホフがきょう江戸入りすると駒次郎から聞いて、頼み事をする気になったらしい。

駒次郎は考え込んでいたが、やがて顔を上げた。

「ブロムホフ様にお頼みしても手に入るかどうかわかりませんが、長崎でなら何とかなるかもしれません」

駒次郎の頼もしい言葉を聞いて、るんは嬉しくなった。

「お譲りいただけるとよろしいですね」

十郎左衛門はうなずいて、

「うむ、富貴は近頃、寝込むことが多い。良薬があれば元気にもなれよう」

と妻を案じる思いを素直に口にするのだった。

るんは美鶴と顔を見合わせて微笑んだ。

二

姉妹が長崎屋に戻ると、店のまわりには黒山の人だかりができていた。

オランダ使節が江戸に来ると、物見高い江戸っ子は長崎屋のまわりに詰めかけ、オランダ人を一目でも見ようとした。川柳にも、

——長崎屋自分の内へ分けて入り
とある。長崎屋の主人は自分の家に入るにも人ごみをかきわけなければならない、というのだ。

葛飾北斎《かつしかほくさい》が描いた浮世絵「画本東都遊《えほんあづまあそび》」には長崎屋をなんとかのぞこうとするひとびとが描かれている。

野次馬たちの好奇の目にオランダ人使節をさらしたくないという気持は、長崎屋の奉公人たちにまで浸透していた。

るんもその気持は強く、カピタンさんを守らなければと心の底から思っていた。ブロムホフから贈物としてもらった指輪は、いまも箪笥に大事にしまってある。時おり出しては眺め、カピタンのことを思い出している。

「また、来てる」

るんがうんざりした顔で言う。

「しかたがありませんよ。四年に一度しか江戸に来ないんですから。来ている時に一目見ておきたいと思うのが人情です」

駒次郎は諦め顔だ。

「長崎ではそんなことはないでしょう」

「それはそうですが。カピタンと永年なじんできた長崎と江戸では違うでしょう」

「だけど――」

江戸のひとは物見高いだけではない。どこかお化け屋敷でも見に行くようなつもりで、カピタンたちをのぞきに来る、それが嫌なのだ、とるんは言いたかった。

二人がそんな話をしている間に美鶴はさっさと店の入口に向かった。すると、店の前でひしめきあっていた人々が自然に通り道を開けた。

美鶴の顔を見た町人たちは、何となく体を退くのである。るんはその後ろをついていきながら首をひねった。

(美鶴が歩くといつもこんな風になる。なぜなんだろう)

美鶴はどうにも人目を惹いてしまう。前を歩いていたひとがいきなり振り向いたり、前から来たひとが立ち止まってしばらく見送ったりする。

長崎屋の姉妹は姉の方がきれいだと噂されていた。だが、細筆で描いたような繊細な顔をしている美鶴にはどこか並はずれたところがある、とるんは思っていた。しかし、美鶴の姿形がひとを惹きつけるというのとは少し違うようだ。

るんはこのことをおかつに話したことがある。するとおかつはちょっと困った顔をして、

「あの子はおかほちゃんに似てるんだね」

と言った。おかほちゃんとはおかつの子供のころの友達だという。

近所の伊豆屋庄右衛門《いずやしょうえもん》という小間物問屋の娘だったかほには、幼いころから不思議なところが多かった。翌日の天気がわかり、誰かが隠した物のありかを言い当てた。さらに泥棒が入ることを予言したり、病人の死期がわかったりしたのだ。

神がかりなのを心配した両親が、女の祈禱師を呼んできて御祓いをさせたが、その最中、かほが不意に立ちあがって御題目《おだいもく》を唱《とな》えると祈禱師は泡を吹いて失神してしまった。

それ以来、近所の者は気味悪がってあたらず障らずになり、かほも病がちで家に引き籠

った。ところが十六になった年の正月、部屋にいたはずのかほが、かき消すようにいなくなった。

「いなくなった？」

「そうだよ。神隠しにあったみたいに、さっきまで家の中にいたはずなのに家族の誰も気づかないうちに姿が見えなくなったんだ。それが、あの丙寅の大火事が起きる、ちょうどひと月ほど前のことだったんだよ」

「じゃあ、火事の時はかほさんというひとはいなかったの」

「伊豆屋さんにはほかに息子二人がいたんだけど、あの火事で店も丸焼け、家族四人も亡くなってしまった。もし、おかほちゃんがどこかから戻ってきたとしても家も家族も何もなくなっちまったというわけさ」

おかつは、美鶴のことで不吉なことを言ったと気になったのか、

「だけど、美鶴にそこまでのことがあるはずはないさ。縁起でもないことを言ってしまったね。鶴亀鶴亀《つるかめつるかめ》――」

と災いを払うまじないを口にした。

るんが気になったのは、かほという女の人が十六歳で神隠しにあった、ということだった。幼いころから聞かされていた振袖火事に関わる娘たちだけでなく、八百屋お七も十六歳だったという。

〈振袖火事〉からおよそ二十五年後、天和二年（一六八二）十二月二十八日には、いわゆる〈八百屋お七の大火〉があった。

この火事で焼け出された十六歳のお七は、避難先の寺の小姓と恋仲になった。火事の後、家に戻ったお七は再び小姓に会いたい一心から放火して捕まったのである。

お七の放火の動機を知った南町奉行は、お七を助けてやろうとして、

「その方は十四歳であるな」

と問い掛けた。このころ十五歳以下は死罪無しという定法があったからだ。しかしお七は正直に、

「十六歳です」

と答えた。本人が認めた以上どうすることも出来ず、規定通りに火炙《ひあぶ》りの判決が出された。お七は天和三年三月二十九日に江戸小伝馬町の牢屋敷から市中引回しの上、品川鈴が森刑場で火炙りに処された。

美鶴はいま十三歳だ。

（三年たったら美鶴も十六歳になる。その時に何かが起きるのだろうか）

るんは不安になった。すると美鶴が不意に振り向いた。るんの肩越しに何かを見つめている。

美鶴の顔は緊張したようにこわばっていた。るんが振り向いて見ると、長崎屋の前に詰

めかけた人の中に黒い塗笠をかぶり、打裂羽織《ぶっさき》、裁着袴《たっつけ》姿で草鞋を履いた旅姿の武士がいた。肩が厚い、がっしりとした体格である。

驚いたことに武士の肩には猫ぐらいの大きさの猿が乗っていた。灰色の毛をして、赤い顔をした猿は、じっと美鶴を睨んでいたかと思うと、ききぃっと鳴き声をあげて歯を剝《む》いた。

武士は塗笠を片手であげた。眉が太く目がぎょろりとして鋭かった。年は四十すぎだろう。

普通の顔ではなかった。目の下の頰骨《ほおぼね》のあたりが歌舞伎の隈取《くまど》りのように赤黒く痣《あざ》になっていた。

美鶴は青くなって背を向けると店に駆けこんだ。

るんと駒次郎も続いて店に入った。るんが店の敷居をまたぎながら振り向くと、猿を肩に乗せた武士が白い歯を剝いて、かすかに笑うのが見えた。

店の中で美鶴は両腕を抱えて土間に座りこんだ。

「どうしたの。猿が怖かったの」

ううん、と美鶴は頭を振った。

「猿じゃなくて、あのお侍さまが」

美鶴は青ざめて、ひどくおびえていた。

「お侍さまがどうかしたの」

「なんだか、すごく怖いものが見えた。地面から空へ黒い入道雲みたいに土埃が舞い上がって、その中にひとが立っているの。何もかも吹き飛ばされそうな凄い風が吹いていた。その風の中を歩いている。鬼のような顔をしたひとが――」

美鶴はひきつけを起こしたように、がくがく震えた。

何のことを言っているのか、るんには見当もつかなかった。あのお侍に何を見たのだろうか。美鶴の気がおかしくなったんじゃないか、と怖くなった。

駒次郎が元気づけるように言った。

「大丈夫ですよ。店の中には、誰も入って来られないんだから」

オランダ使節が滞在中、町奉行所から普請役二人、同心二人の合わせて四人が長崎屋に詰めて警備にあたる。オランダ人に一般の人々が接することはできない。オランダ人と会えるのは身元のはっきりした蘭学者ぐらいだ。土間で話していると、おかつが待ちかねたように板敷の上から声をかけた。

「遅かったじゃないか。カピタンさんはもうお着きだよ。あいさつにおいで」

店の土間にはオランダ使節一行の荷物を運びこむ人足たちがいた。

オランダ使節の一行は献上物を運ぶ人足まで含めて多い時でも五十九人と決まっており、

カピタンと書記官らオランダ人は長崎屋に宿泊し、他の者は近くに分宿するのである。

はい、と答えてるんは美鶴の肩を抱いて玄関に近い大きな部屋に入った。

ここはカピタンたちが訪れた蘭学者たちと面会するための待合室である。絨毯が敷かれ、テーブルと椅子が置かれている。テーブルの上には葡萄酒が入ったギヤマンの瓶《びん》と杯《さかずき》が置かれていた。

「どうしたんだい。ふたりとも青い顔をして」

椅子に腰かけた源右衛門が心配そうな顔をした。駒次郎がふたりに代わって答えた。

「なんでもありません。表の人だかりがすごかったものですから」

テーブルをはさんだ向かい側で杯を口にしていたブロムホフがふたりを見て、にこりとした。源右衛門の隣には通詞の岩瀬弥十郎《いわせやじゅうろう》がいた。羽織、袴姿で腰に脇差を差し、小柄で四角ばった顔をしている。

「さあ、おかけなさい」

ブロムホフに勧められて、るんも椅子に腰かけた。あいさつしようとして、ブロムホフの傍らの若者に気づいた。

赤毛の髪で髷を結い、紺絣の着物に袴をつけている。肌の白い美しい顔で青い目をしていた。カピタンと同じオランダ人に見えるのだが、身なりでは日本人のようにも見える。

(こんなひとは初めてだわ。どういうひとだろう)

るんは少年をまじまじと見つめた。少年は恥ずかしいのか、頬を赤くした。

ブロムホフは少年の肩に手を置いて笑いながら言った。

「道富丈吉です。彼はるんさんと美鶴さんに会いたくて江戸に来ました」

源右衛門が口をはさんだ。

「お前たちがカピタンに手紙を差し上げただろう。その手紙を読んで、お前たちに会ってみたいと思われたんだそうな」

「あの手紙を?」

るんは美鶴と顔を見合わせた。ブロムホフへの手紙を丈吉という少年に読まれたのかと思うと恥ずかしかった。

丈吉はその手紙を読んだらしいが、ブロムホフが自分への手紙を読ませる少年とは何者だろうと、興味を持った。

丈吉は笑顔で言った。

「大変美しい手紙でした。あのような手紙を書くひとが江戸にいるのだと思うと、どうしても江戸へ行きたくなったのです」

「それで、わたしたちに会いに来られたのですか」

るんは、あっけにとられた。長崎からはるばる江戸まで、そんな理由で出てくるとは変わったひとだ、と思った。

源右衛門が、えへん、と咳払いした。

「ここだけの話だが、丈吉さんはドゥーフ様の御子息なんだ」

納得した顔で駒次郎がうなずいた。

「駒次郎は長崎から来たから丈吉さんのことは知っているだろう」

「お会いするのは初めてですが、長崎では有名な方です」

ブロムホフは笑った。

「彼は今年から長崎奉行所の唐物目利《からものめきき》になります。わたしは彼に日本の立派な役人になってもらいたい。そのため奉行様に頼んで江戸に連れてきたのです」

ドゥーフと長崎の遊女、瓜生野《うりうの》との間には男児が生まれていた。

この子を溺愛《できあい》してドゥーフは日本風に丈吉と名づけた。

五年前、文化十四年（一八一七）にドゥーフはオランダに帰国したが、その際、残していかなければならない丈吉のことが気がかりで、連れていくことを幕府に願ったが許されなかった。このため長崎奉行に丈吉の行く末を嘆願した。

「この子が成人したら、長崎奉行所に役人として取り立てていただけないか。その場合も、オランダ通詞などオランダと関係のある役職は避けてほしい。できるだけ日本人として日本の中で生きていけるような仕事につけてほしい」

長崎奉行所は、十四歳の丈吉を役人として取り立て、ドゥーフを日本風にした「道富」

という苗字を与えた。

「ドゥーフ閣下はわたしの最も尊敬する方でした」

ドゥーフの帰国後、商館長を引き継いだブロムホフは葡萄酒を飲みながら感慨深そうに言った。源右衛門も同意した。

「まことにドゥーフ様は長崎屋にとっても大恩人でした」

丈吉がうつむくと、源右衛門は娘たちに向かって、

「丈吉さんはその大恩人の大事な御子息だ。お前たち、仲よくしてもらいなさい」

と言った。

幼い時から源右衛門にカピタンの話を聞かされてきた。るんが知っているカピタンは、はるばる海を越えてこの国にやって来て、すばらしい物をもたらす男たちだ。丈吉がそのカピタンの息子であれば、容貌だけでなく心にも光輝く美しいものを持っているはずだ。

駒次郎が、

「丈吉さんは、江戸にしばらくおられるのですか」

と声をかけた。丈吉はかぶりを振った。

「カピタン様の御供をしてきただけですから、御一緒に戻らねばなりません」

オランダ使節の江戸滞在は、二十日間ぐらいと決まっていた。

「そうですか。でしたら、長崎に戻られた時にテリアカを探していただけませんか」

「はい、鷹見十郎左衛門というお武家様が病気の奥方様のために必要とされておられるのです。それも偽物ではなくて本物をです」

「テリアカを？」

「本物の――」

「それは難しい。手に入るものと言えば、ほとんどが偽物です」

丈吉は困った顔でブロムホフをうかがった。ブロムホフは肩をすくめた。

オランダ船は医薬品としては甘草《かんぞう》、サフラン、キナ、アロエ、人参などを運んできており、その中に「的里亜加《てりあか》」もあるのだが、効用は怪しいとブロムホフは言うのだ。

富貴を助ける良薬を手に入れることはできないのか、とるんは肩を落とした。

女性にやさしいブロムホフは、すまなそうに言った。

「ダップル殿の奥様のことならわたしも心配です。わたしは妻と離れて暮らしていますから心配する気持はよくわかります。もし、来年まで待ってもらえるなら、手に入るかもしれないのです」

「来年ですか？」

「そうです。来年にはオランダからシーボルトという医師がやってきます。彼なら本物を持ってくるのではないでしょうか」

「待つしかないのですね」

るんはしかたないと思った。

その時、丈吉が何か言いたそうな顔で、るんに目を向けた。

見返すと、丈吉は目で何かを訴えている。

ふたりが視線をかわすのを見て、美鶴がさびしそうにうつむいた。

三

オランダ使節が江戸城に赴き、将軍に拝謁したのは四月六日だった。

このころの将軍は十一代家斉《いえなり》である。

この日は、源右衛門にとってもカピタンの介添えをして江戸城に入る晴れの日である。

卯ノ刻（午前六時ごろ）、ブロムホフ一行は源右衛門に先導されて長崎屋を出た。

途中で駕籠を降り歩いて城内に入る。百人番所で茶を飲み、しばらく待機した後、番所を出て奥へ向かった。

二つの門をくぐったところで雨が降り出したため、大きな傘をさした。御殿に着くと、茶坊主が出迎えて控の間に通された。ところがこの時、雷が鳴り出した。茶坊主が、

「これでは、上様のきょうの御出座はお取りやめになるやもしれぬ」

とつぶやいた。

将軍は雷が嫌いらしい。

ブロムホフと源右衛門は顔を見合わせた。謁見が中止になれば、江戸滞在は長引くことになる。そうなれば費用もかかることを心配したのだ。しかし、案ずるほどのこともなく、間もなく茶坊主による呼び出しがあって、ブロムホフひとりが通詞とともに大広間に通された。

この間、他のオランダ人と源右衛門は天井之間の控えで待たされた。

宗門奉行の合図で、江戸在府の長崎奉行がブロムホフを大広間に上げる。長崎奉行が平伏すると、ブロムホフも真似て平伏した。

この時、奏者番が、

「オーランダのカピターン」

と奇妙に甲高い声を張り上げて披露した。

拝謁はこれだけである。長崎奉行はブロムホフの燕尾服の裾を引いて退出の合図をした。

将軍の謁見が終わっても、すぐ長崎屋に戻れるわけではなかった。

幕閣の老中、若年寄、側用人、寺社奉行、北、南町奉行たちの屋敷を回らなければならない。

それぞれの屋敷ではオランダ人を物珍しげに見て、その立ち居振る舞いを興じて見物する。ブロムホフにとって、うんざりするような長い時間がかかるのだ。

さらに長崎屋に戻ると、蘭学好きの大名、幕府の医官、天文方から旗本、諸大名、民間の蘭学者までが訪れて、江戸を去るまで暇がなかった。

ブロムホフが江戸城に登った日、るんと美鶴、丈吉、駒次郎、沢之助は五人連れで町に出た。丈吉が先日、るんたちが探しているテリアカについて、

「心当たりがある」

と言ったからだ。
二、三日前、丈吉は自分に割り当てられた部屋にるんと駒次郎を呼ぶと、こっそり打ち明けていた。
「去年、長崎の唐人たちがテリアカをたくさん持ち込んだのです。買った商人は江戸にいるということでした。その商人から買ったらどうでしょう」

長崎で貿易を行っているのはオランダだけではない。

清国の商人も同じように交易が許されていた。唐人の船はジャンク船で、出港地により〈口船《くちぶね》〉、〈中奥船《なかおくぶね》〉、〈奥船〉などに分けられている。南京、寧波から来る小型船、福州からの中型船、さらにシャムから来る大型船である。船体の上半分は黒く、下半分は白く塗られている。前部に獅子、後部に鷲が描かれていた。

一口に唐人と呼ばれているが、実際にはアジア各地から来る商船だった。

オランダ人が出島に閉じ込められているのとは別に、清国の商人は、唐人屋敷という一万坪ほどの場所に隔離されている。唐人屋敷は練塀と竹矢来で二重に囲まれ、五つの番所で出入りが厳重に監視された。敷地内に野菜や魚、陶器、漆器などを売る出店があった。二階建ての長屋が二十棟あり、三千人を収容することができた。

丈吉は長崎奉行の唐物目利として清国からの輸入品を管轄していた。

去年から唐人屋敷に出入りしており、テリアカが大量に持ち込まれたのを見たという。交易は長崎会所という役所で行われるのだが、商人たちには買い手の要望がひそかに伝えられ、商品が持ち込まれるのである。

唐人屋敷内には御堂など清国風の屋敷が立ち並んでいる。丈吉がその中の鄭十官《ていじゅっかん》という唐人を訪ねたところ、屋敷の蔵にうず高く積まれているものがあった。

十官は三十過ぎの小男で頭が不釣り合いに大きい。頂を剃り、剃り残した後頭部の髪を長くのばして編んだ辮髪《べんぱつ》をしている。

甲高い清国語でしゃべるが、時に応じて日本の言葉を操る。その時はひどく低い声になるなど得体が知れない男だった。

「テリアカは丸薬で赤い丸印がついた紙袋に入れて売るんですが、その紙袋が唐人屋敷の蔵に山積みされていました。なぜ、これほどの量があるのだろうと思ったんです」

「それは、間違いなく本物なんですか」

るんが訊くと、丈吉はあたりをうかがいながら言った。

「はい、十官はそう言っていました。どこで手に入れたのかわかりませんが、この薬で大儲けができると喜んでいました。ただ、このことはカピタンたちには言っていません。唐人とカピタンは交易での競争相手ですし、唐人はカピタンの方が日本で優遇されていると思っているので、仲があまりよくないのです」

駒次郎が膝を乗り出して訊いた。

「それで、買った店はどこなのですか」

「会津屋《あいづや》八右衛門《はちえもん》という回船問屋だそうです」

「会津屋？」

るんは首をかしげた。会津屋という回船問屋の名を聞いたことがなかったからだ。駒次郎が腕を組んで言った。

「江戸ではあまり聞いたことのない店だな」

「石州浜田《せきしゅうはまだ》の回船問屋だそうです」

石州とは山陰地方の石見国《いわみのくに》のことだ。

「江戸にお店《たな》があるんでしょうか」

「唐人たちは江戸で売られることになると言っていました」

「じゃあ、そのお店を探せばいいんだ」

るんが嬉しそうに言うと、駒次郎が、

「沢之助さんに訊いてみましょう」

と言った。

沢之助は京から来ただけに山陰地方の商人についても詳しいはずだ。帳場にいた沢之助を奥座敷に呼び出した。

「ああ、会津屋ですか」

会津屋は数年前までは小さな回船問屋だったが、近頃は手広く商売を広げているようだ、と沢之助は続けた。

「いまの旦那が店を継いでからのことらしいんどすが、なかなかやり手やといわれてはるみたいどす」

そう言いながら、じろじろとるんと駒次郎の顔を見た。

「美鶴はんから聞きましたけど、テリアカをお探しやそうで」

駒次郎がちょっと困った顔になった。

「ええ、鷹見様に頼まれまして」

「そんなら、わてに言うてくれはったら京の店から取り寄せますが」

「それが、鷹見様は本物をお探しなんです」

「ほう、海老屋のは偽物だ、と言わはるんどすか」

沢之助は尖った声を出すと懐から紙を取り出した。えへん、と咳払いして読みあげた。

痰によし、

食滞りにもよし、

疱瘡によし、初発よりうみでるまで用ふべし、まぶた、はな、人中にぬれば其処へ多くいでず、

痢病によし、えづきをとどめ、いたみをやはらぐ、すべてはらのいたみによし、積気のさしこみによし、

風邪にはさゆにときて用ふべし、

毒虫のさしたるにぬりてよし、

海老屋が売っているテリアカの効能書だった。沢之助はどうだ、というように駒次郎とるんの顔を見たが、ふたりが感心していないのがわかると、急に笑顔になった。

「と、まあ、海老屋でもよい薬を売っていますのやが、それ以上のがあるということどしたら放ってはおけまへんな」

「放っておけない？」

「本物があるんどしたら、わての店でも仕入れたいということどすがな」

商人の息子らしい抜け目のない顔になっていた。そして会津屋には自分も連れて行ってほしいと言いだした。

翌日、沢之助から会津屋に行くことを聞いた美鶴も、るんと一緒に行くと言い張った。

「あたしも連れていって」

「美鶴は来なくていいよ」

美鶴は口をとがらせた。

「どうして、あたしだけ仲間はずれにするの」

「仲間はずれとかそういうのじゃないわ。どうして、そんなことを言うの」

るんはちらっと横目で丈吉を見た。

(美鶴は丈吉さんと一緒にいたいのかもしれない)

妹の気持を察して、どうしようかと迷った。すると沢之助が美鶴も連れていこうと助け船を出した。

「長崎屋の姉妹がそろって行ったら、会津屋でも何事やろかと思うて話が進みます。わてらだけやったら、手代が話を聞くだけで門前払いや」

沢之助の言うのに一理ある、ということになったが、沢之助が美鶴を連れていくことを主張したのがるんには不思議に思えた。

沢之助は近頃では吉原通いの足も止まり、

「これなら、考えなおしても」

と、おかつの受けもよくなっていた。

沢之助が行いをあらためたのは、どうも美鶴の存在が大きいと、るんはにらんでいた。

ところが、丈吉と外出したいという美鶴を沢之助が後押しするのはなぜなのか。るんにはわからなかった。


大伝馬町の会津屋は思ったよりも小さな店だった。

あたりは大店が並び、ひとの出入りも多いが、会津屋は目立たずひっそりとしていた。

店の入口には、丸に菱形を白く抜き出した紋が入った茶ののれんがかけられていた。

店の中では数人の手代が客を相手に話していたが、入口から入ってきたるんたちを見ても立とうとはしなかった。

帳場に白髪頭の鼻の大きい番頭がいたが、はなやかな娘ふたりの姿を見て、一目で客ではない、とわかったようだ。肘をついたまま鼻毛を抜いている。

るんは若い手代に声をかけた。

「もし、ごめんください」

「おいでなさりませ」

手代は愛想よく返事したものの、目には戸惑いがあった。

「わたしは日本橋の長崎屋の娘ですが、会津屋さんにお願いがあって参りました。お取り次ぎいただけますでしょうか」

手代はるんと美鶴の様子をじろじろと見たうえで奥の帳場まで行き、眉も白い番頭にひそひそと話した。

「長崎屋さんだって？　何の用だい」

番頭はことさらに大仰に言うと、面倒そうに立って、るんたちに近づいた。

「番頭の五兵衛《ごへえ》と申します。長崎屋さんのお嬢さんが何用でございますか」

番頭の鼻の右わきにはびっくりするような大きな疣《いぼ》があって、るんは鼻から目をそらして頭を下げた。

「お忙しいところ申し訳ございません。実はわたしどものお客様でテリアカを探していらっしゃる方がおいでなのです。こちらで仕入れたと聞いたものですから」

ほう、と言って、五兵衛はるんの顔を見つめた。胡散臭《うさんくさ》げな顔に嘲《あざけ》りのようなものが浮かんだ。

「そのようなものは、手前どもであつかっておりません。悪しからず、お引き取りください」

丈吉が身を乗り出して言った。

「そんなことはないはずです。わたしは長崎で唐人から聞きました」

五兵衛は迷惑そうな視線を向けたが、丈吉が青い目をしていることに気づいて、ぎょっとなった。

「長崎でどのようなお話だったか存じませんが、何かのお間違いでしょう」

るんは五兵衛の目を見て言った。

「お願いです。譲っていただけませんか。ご病気の方のために必要なんです」

「そんなことを言われましてもねえ」

五兵衛は不貞腐《ふてくさ》れたように目をそらした。その時、

「番頭さん、その方たちに、奥にあがっていただきなさい」

帳場の向こうから声がした。黒紗《くろしゃ》羽織を着て路考茶《ろこうちゃ》の単衣に博多帯を締めている。二十七、八の男だった。五兵衛が不満そうに眉をひそめた。

「わたしが主の会津屋八右衛門です。お話をうかがいましょう」

八右衛門と名のった男はにこやかに言ったが、油断ない鋭い目をしていた。目鼻立ちはくっきりとして、肌の色は浅黒く、回船問屋の主人とはいえ、自分も船に乗っているのではと感じさせる潮の匂いを漂わせていた。

その視線はるんを越して丈吉に注がれていた。美鶴はるんの袖を引いた。

「このまま帰った方がいいよ」

「何言ってるの、せっかく会津屋さんが会ってくれるというのに」

「それはそうだけど――」

美鶴は後の言葉を口にせず、不安そうに八右衛門の顔を見つめた。

八右衛門は女中に持ってこさせた茶をゆっくりと飲んだ。落ち着いた様子に男盛りの艶があった。

「番頭の五兵衛が、あつかっておらぬと申したのにはわけがあるのでございます」

「じゃあ、やっぱり仕入れられたんですね」

るんが明るい声で訊くと、八右衛門はかぶりを振った。

「たしかに、わたしどもは買いつけようとしておりました。ところが唐人は強欲で、代金はカルロス銀貨で欲しいと言っておるのです」

るんが何のことかわからずに振り向くと、駒次郎が、

「エスパニアのお金です。唐人がなぜ代金をカルロス銀貨で求めるのでしょうね」

と首をかしげた。

カルロス銀貨とはスペインが大航海時代に征服したメキシコやボリビアの銀で造られ、スペイン国王カルロス三世、四世の肖像が彫られた銀貨だ。メキシコからヨーロッパに運ばれるとともに東洋へも伝わった。

スペインの銀貨によって清国の絹織物、陶磁器が輸入されたのである。このためアジアでスペイン銀貨は貿易貨幣として流通し、特に清国では圧倒的な人気があった。

「清国ではカルロス銀貨なら、貨幣に含まれている純銀以上の値打ちで取引されるそうです。唐人が欲しがるのはそのためでしょう。しかし日本にはないはずですが」

丈吉がさすがに長崎の地役人らしい知識を披露すると、八右衛門はうなずいた。

「そうなのです。ところが唐人はどうしてもと欲しがる。というのもカルロス銀貨はいまひどく値上がりしているのです」

メキシコ銀山は今年に生産が止まった。このためこの銀貨は八割高い値打ちで取引されているのだ、と八右衛門は話した。

駒次郎は目を瞠《みは》った。長崎のオランダ通詞の家に生まれ、いまは江戸で勉強している駒次郎でも、そのような海外事情を耳にすることはないのだ。

駒次郎が驚いた顔をするので八右衛門は苦笑した。

「これは、あまりひと様にしてはいけない話ですが、長崎屋の方ならいいでしょう」

今は亡き父親の清助が浜田から瀬戸内海を抜け、紀伊半島をまわって江戸への航海の途中、嵐にあって遭難し、南洋の島まで漂流したことがあったと八右衛門は話し始めた。

「父はなんとか唐人の船や朝鮮の船を乗り継いで、他人に知られず戻ってくることができました。国禁にふれることですから公にはしませんでしたが、わたしは南の島々のことなどを聞かされました。そのころから、唐人やオランダ人の風説はできるだけ聞くようにしているのです」

「カルロス銀貨は、日本の商人が簡単に手に入れることができるものではないのに、唐人が求めるわけがわかりません」

駒次郎の言葉に八右衛門の目が光った。

「そこなのですよ。残念ながら、わたしどもでも用意することはできません。テリアカは今も長崎の唐人屋敷の蔵に積まれたままになっています。唐人がわたしどもに言い出したのは、長崎でカルロス銀貨を大量に手に入れたひとがいるからだそうです。そのひとに話をして手に入れろという無茶な話です」

「どなたなのですか」

「勘定奉行の遠山左衛門尉景晋《とおやまさえもんのじょうかげみち》様です」

「遠山様――」

「遠山様は以前に長崎奉行を務められた。長崎奉行のころオランダ商館長から礼物ということでカルロス銀貨を贈られたそうなのです」

「お奉行様が商館長から銀貨を贈られたのですか」

るんは驚いた。長崎奉行がオランダ商館長から金品を受け取れば賄賂になるのではないか。

遠山の名を聞いて駒次郎の顔が強張った。八右衛門はそんな二人の様子に構わず、話を続けた。

「当節のことです、さほど大げさに言うようなことでもありますまい」

このころ幕閣の実力者は、水野忠成《みずのただあきら》である。賄賂をとることで評判が悪かった老中田沼《たぬま》意次《おきつぐ》が失脚した後、松平定信による、いわゆる「寛政の改革」が行われた。しかし、潔癖な改革政治に一般庶民からは悲鳴があがった。定信が引退後、将軍家斉に寵用されたのが、側用人から老中に累進《るいしん》した水野忠成だった。忠成は小姓時代から家斉に仕えており、その意を迎えることに巧みだった。忠成が老中主座となって田沼時代と変わらぬ賄賂政治が横行したのである。

「ともかく遠山様がお持ちなのは確かだと思います。わたしが皆さんとお会いしたのも、長崎屋の娘さんだと聞いたからです。長崎屋さんなら、かつて長崎奉行だった遠山様に伝《つ》手《て》がございましょう。いかがですか、遠山様からお譲りいただけるようにお願いしていただけませんか。そうすれば仕入れたテリアカのうちから必要なだけ、無料でお渡しいたしますが」

八右衛門の依頼に、るんは驚いた。

遠山景晋は十年前、文化九年（一八一二）から三年間、長崎奉行を務めた。謹厳、篤実な奉行で人情の機微を弁《わきま》え、父親の源右衛門はかねてから遠山景晋について、

「あんな立派なお奉行様はいなかった」

とよく口にしていたからだ。すでに七十を越しているはずだが、壮年と変わらない元気

さだという。

源右衛門なら遠山景晋に会うこともできるかもしれない。しかし、遠山景晋がオランダ商館長から異国の銀貨を受け取っていたという絡《から》みが気になった。すると、それまで黙っていた沢之助が、

「遠山様には長崎屋からお願いしますさかい、いまのお約束、どうぞ、忘れんといておくれやす」

とにこやかに言った。八右衛門は初めて沢之助に気づいて、

「こちらこそ、よろしくお願いしますよ」

念押しするように言った。浅黒い顔に得体の知れない翳りがあった。

八右衛門は手を叩いて女中に茶を取りかえるよう命じた。手をあげた時、羽織の袖がめくれて腕がのぞいた。

八右衛門の右腕に細い紐が巻かれているのが見えた。よくよく見ると、紐ではなく刺青《いれずみ》だとるんは気づいた。

奉行所でお裁きを受けた罪人が刑罰で入れ墨をされるが、それとは違って何かの姿を刺青しているようで、青黒くうねっている。

八右衛門はるんの視線に気づいて、苦笑した。

「これですか。若いころ、船乗りでしてね。つまらぬ悪戯をしてしまいました。海蛇《うみへび》の彫

り物ですよ。嵐にあっても生きて戻れる呪《まじな》いなんです」

右腕をなでながら、さりげなく言った。


るんは長崎屋に戻ると、城から下がって帳場にいた源右衛門とおかつにこの話をした。

源右衛門は五人そろって会津屋に行ったと聞いてうろたえた。

「若い娘が薬の仕入れ話に行くなど聞いたこともない」

と不機嫌だったが、カルロス銀貨がテリアカの取引に必要で、しかも、その異国の銀貨が遠山景晋の手もとにあるはずだ、という話になると黙り込んだ。

るんが話し終えると、しばらくううむと考え込んだうえで、

「お前たちはこの話からはもう手を引け」

とぶっきらぼうに言った。沢之助が膝を乗り出した。

「そんなこと言うたかて、本物のテリアカが手に入るええ機会でおまっせ。これを機に江戸と京で売り出したら大儲けでけます」

「儲け話どころか、異国の銀貨になぞ関わったら、抜け荷の疑いをかけられて首が飛ぶぞ」

源右衛門は日ごろにない乱暴な言い方をした。

「お前さん、そんなに決めつけなくても」

おかつがなだめるように言った時、丈吉が口を開いた。

「遠山様に銀貨を贈ったのはわたしの父ですか」

源右衛門はぎょっとした。

「いや、それは――」

「やはり、そうなのですね。会津屋に行った時、八右衛門さんのわたしを見る目が気になりました。わたしがオランダ商館長ドゥーフの子だと知っていたのではないでしょうか。銀貨の話をしたのも、わたしなら遠山様から譲ってもらえると見込んだからだと思います」

おかつが膝を打った。

「そんなら、話は早いじゃないか。遠山様のところにうかがってみたらどうだい」

「馬鹿ぁ、言うな」

源右衛門は顔を赤くして怒りだした。

「いいか、長崎の出島には表に出すと面倒な話がいっぱいあるんだ。今度の話もそれに違いない。聞かなかったことにするのが一番なんだ」

「だけど、お父っつぁん。それじゃあ、丈吉さんが納得できないと思います」

きっぱり言うるんに、丈吉は感謝の目を向けた。

源右衛門は苦り切った。すると今まで何か思い詰めた表情で黙っていた駒次郎が、たまりかねたように言った。

「わたしも遠山様が銀貨を受け取られたかどうかを知りたいのです」

真剣な口調に源右衛門はたじろいだ。

「ご存じのように、わたしの父は抜け荷の疑いをかけられ通詞を辞めさせられました。その時のお奉行は遠山様だったと聞いています。遠山様ご自身が抜け荷まがいのことをしていたとすれば、わたしも納得がいきません」

「それは、まあ、そうだろうが」

源右衛門が鼻白むと、沢之助がおっかぶせるように、

「ここは、一番、大旦那の出番でげす」

吉原の幇間《ほうかん》言葉で言った。源右衛門は沢之助の頭をぽかりとなぐった。

翌日、源右衛門は遠山屋敷を訪ねた。

その日の夜、帰ってきて皆に何も言わなかったが、ひどく憂鬱そうな顔をしていた。

四

塗笠をかぶった羽織袴姿の老武士が、供も連れずに長崎屋を訪れたのは二日後のことである。長崎屋に詰めている同心たちは店に入ってきた武士が塗笠をとると、

――これは

と驚いた。武士はにこやかな表情で、

「奥へあがるぞ。源右衛門に伝えい」

と言った。同心の指図で手代が奥に駆け込み、武士が案内されたのは間もなくだった。

武士は髷こそ白髪だったが、顔色はよく体つきもしっかりとしていた。

奥座敷に座った武士に源右衛門が平伏してあいさつした。

「遠山様、わざわざのお運び恐れ入ります」

「なんの、屋敷に来てもらうより、出向いた方が気兼ねのない話ができる。それにドゥーフ殿の子息も出府されておるそうだな」

遠山景晋は会津屋を訪れた五人に会いたい、と言った。

源右衛門は戸惑いながらも女中に五人を呼ばせた。待つ間、景晋は茶を飲みながら源右衛門相手に世間話をしていた。

五人が部屋に来ると景晋は、丈吉に目をやった。

「そなたが……」

丈吉は頭を下げて、左様でございます、とあいさつした。

「やはり面影があるのう。ドゥーフ殿はオランダの国旗を守り抜いた誇り高い御人だった。わしはそのことを忘れてはおらんぞ」

景晋の声にはしみじみとしたものがあり、目が潤《うる》んでいた。それを見た丈吉は、

「もったいのうございます」

と声を震わせた。景晋はそんな丈吉を見つめた後、他の四人を見渡した。

「わしが銀貨を持っていると聞いたのはそなたたちらしいな。きょうは丈吉殿はじめそなたたちに、なぜわしがドゥーフ殿から贈られたかを話にきたのだ」

「遠山様、それは――」

源右衛門があわてて遮ろうとした。景晋は頭を振った。

「かような話はいずれもれる。長崎奉行がオランダ商館長より金品を受け取っていた、という話になれば、わしは構わぬがドゥーフ殿の名に傷がつく。それでは、忍び難いのだ」

景晋はそう言って話し始めた。

ドゥーフ殿は、寛政十一年（一七九九）、書記官として出島に赴任された。まだ二十二歳の俊敏で誠実な若者だった。

ドゥーフ殿が日本へ渡って来た時期、オランダは戦乱の嵐に翻弄されておった。フランス国で王朝が倒れ、台頭した大奈翁《ナポレオン》なる英雄が諸国を征服し、オランダもまた、ナポレオンに降《くだ》った。

出島の旗竿に翻る赤、白、青の三色旗だけが、数年の間、世界中で唯一のオランダ国旗となった。出島のオランダ商館は世界の中で孤立したことになる。この間、ナポレオンに対抗するエゲレスは、オランダの持つ海外の領土を次々に占領したそうな。圧倒的な海軍力を背景にオランダ船の貿易を阻んだのだ。

このため出島にオランダ船が入港することが困難になった。オランダは中立国のアメリカ船を借り受けて交易を細々と行っていた。

そんな最中、文化五年（一八〇八）に、

――フェートン号事件

が起きた。エゲレス軍艦フェートン号がオランダ国旗を掲げて長崎港に侵入したのだ。出島の商館員二人が検使役として派遣されると、フェートン号側はこの二人を捕らえて人質とした。さらにイギリス国旗を掲げて食料や水などを要求した。

当時の長崎奉行松平康英《まつだいらやすひで》殿は断固として拒絶されたが、軍艦であるフェートン号は大砲から銃まで装備しており、手薄な長崎の警備態勢では手に余った。

警備の弱さを知っていたドゥーフ殿は、エゲレス船と交渉し、人質を取り戻すと一人の犠牲も出すことなく、フェートン号を出港させた。松平殿はこの事件の責任を取って気の毒にも切腹されたが、困難をともにした長崎の人々は、沈着冷静なドゥーフ殿への信頼を厚くした。

しかし、ドゥーフ殿が経た困難はこれだけではなかった。わしが長崎奉行だった文化十一年のことだ。

出島に一隻のオランダ船も入港していない時期が続く中、二隻のヨーロッパ船が沖合にやってきた。二隻とも船尾にオランダ国旗を掲げていた。

そのうちの一隻シャルロッテ号には、かつて出島のオランダ商館長だったウィリアム・ワルデナールが乗っていたということだ。ドゥーフ殿にとっては以前の上司だ。

ドゥーフ殿は再会を喜んだが、船室で会ったワルデナールは苦衷の表情を浮かべて、

「すでにバタヴィアはイギリスに占領された」

と告げた。そして、日本にオランダとその植民地の状況を伝え、出島の商館をエゲレスが接取することを求めた書類を手渡した。

ドゥーフ殿はワルデナールが席を外すと通詞を呼んで、事態をわしに伝えるように言った。ところが通詞はわしに報せることに反対した。

「御奉行様がこのことを知れば、ただちにこの船を焼き払い、乗組員を皆殺しにせねばなりません。それができなければ御奉行様はフェートン号事件での松平図書頭様同様、切腹されることになります」

通詞の言葉を聞いたドゥーフ殿はワルデナールを必死になって説得した。

「この国はオランダ以外の国との交易を認めておりません。この船がイギリスのものであると知られれば、すぐさま焼き討ちにされるか、あなたは人質として捕らえられるでしょう」

ドゥーフ殿の説得により、ワルデナールはそれ以上事を荒立てずに引き揚げていった。

その際、

「君がいずれオランダに戻れることを祈っている。これはその日が来ることを願う印だ」

と言って一枚のカルロス銀貨をドゥーフ殿に渡したそうだ。

シャルロッテ号が去った日、ドゥーフ殿は奉行所を訪れて、わしにすべてを打ち明け、証拠の品として差し出したのがカルロス銀貨だった。

ドゥーフ殿は突然、

「この銀貨はお奉行様がお預かりください。オランダが日本を裏切らぬという証です」

と申し出た。

逡巡したが結局、ドゥーフ殿の気持を汲んで受け取った。

こうしてカルロス銀貨はわしの手に渡ったのだ。

「この銀貨はドゥーフ殿より、友情の証に贈られたとわしは思っておる」

景晋はそう言いながら、懐から紙包みを出した。表に「ヅーフ殿ヨリ」と書かれている。

包みを開いて、皆に見せた。表にスペイン王カルロス三世の顔、裏には王冠と盾紋章が彫られている。銀色の表面が鈍く輝き、異国の富の豊かさを伝えるかのようだった。

「そうだったのですか」

駒次郎がつぶやいた。景晋は駒次郎の顔を見た。

「そなた通詞だった沢助四郎の息子か」

「はい、さようでございます」

駒次郎は戸惑いながら景晋に顔を向けた。

「ドゥーフ殿とともにシャルロッテ号に乗り込んだ通詞のひとりが沢助四郎だ。ワルデナールの要求をわしに伝えることに反対した通詞というのは助四郎だ」

駒次郎は思いがけない話に驚いた。父はそんなことを話さなかった。

「助四郎は、わしやドゥーフ殿のために働いてくれた。しかし、そのことで通詞仲間の妬みを買ったのだろう。間もなく抜け荷をしているという証拠の品が助四郎の荷物から出てきた。濡れ衣だとわかっていたが、証拠がある以上、それ以上の罪に問われぬよう通詞を辞めさせるほかなかったのだ」

駒次郎は景晋の言葉をうなだれて聞いた。今まで父が抜け荷の疑いをかけられたことで肩身が狭い思いをしてきた。長崎奉行だった景晋を恨んだこともあったのだ。

「ひとはいくら正しく生きても、時にあらぬ疑いをかけられる。助四郎だけではない、ドゥーフ殿もわしもそうなのだ」

景晋はしみじみとした目で駒次郎を見た。

「では、会津屋さんが言っていた大量のカルロス銀貨というのは間違いなのですね」

「そうだ。これ一枚だけだ。しかし、たとえ一枚でもオランダ商館長から長崎奉行が金品を受け取ったということになれば、思わぬ疑いを受けぬとも限らぬ。そこできょうはこの銀貨をドゥーフ殿の御子息に返しに参ったのだ」

「わたしにでございますか」

「それがもっともよいと思う」

「しかし、父がせっかく遠山様にお贈りいたしたものを」

丈吉がためらうと、源右衛門が口をはさんだ。

「丈吉様、そうされたがよろしいです。おふたりの友情の証をお持ちください」

景晋が銀貨を差し出すと、丈吉はためらいながらも受け取った。そんな丈吉を景晋はやさしい目で見守った。

「ドゥーフ殿は、さぞかし成長された御子息をご覧になりたいと思われておるであろうな」

「そうでしょうか。父はわたしに何も言わずに去ってしまいましたが」

「いや、父とはそうしたものなのだ。わしにも子がおるが、とんだ放蕩者《ほうとうもの》でな。屋敷を出たきり、近頃では顔も見せおらん」

景晋は苦笑した。景晋の子とは、景元《かげもと》、幼名を通之進《みちのしん》といい、このころ父の名を継いで金四郎と名のっている。遠山家は家庭が複雑で景元は若年のころから屋敷を出て市井無頼《しせいぶらい》の徒と交わり、刺青《いれずみ》までしたという。

景晋はわが子の所在もわからないだけに、遠くヨーロッパに去ったドゥーフが丈吉に寄せる思いを察することができるのだろう。

「でも、会津屋さんは、どうして遠山様が銀貨をたくさんお持ちだ、などと言われたんでしょうか」

るんは疑問に思っていることを口にした。景晋は源右衛門と目を見合わせてから口を開いた。

「おそらく、わしやドゥーフ殿を陥れようと思った者が長崎におるのだ」

「まさか、そんなひとが?」

「長崎には抜け荷を行う者たちがいる。そんな者たちにとって、わしやドゥーフ殿は目の上のこぶだったからな。沢助四郎もその者たちに濡れ衣を着せられたのだ」

翌日、丈吉と美鶴は縁側で庭を見ながら語らった。苔むした庭石と植え込みが濃い緑の陰を作っている。松の枝ぶりがいいのは、出入りの植木職が丹精込めているからだ。

丈吉は幼いころに別れた父との思い出話をした。

三月になると、長崎の空はハタと呼ばれる凧で埋め尽くされる。

幼い丈吉はドゥーフに肩車されて諏訪神社まで上り、ハタハタを見物した。母の瓜生野も一緒だった。

諏訪神社まで上がると、中島川や周囲の山々が見渡せる。青空に散りばめられたハタを見た後、神社の境内でボタ餅を食べるのが丈吉の楽しみだった。

冬になると、ドゥーフは〈オランダ冬至〉（クリスマス）を祝った。ドゥーフは親しい商館員、通詞や長崎会所の役人を招いて葡萄酒や料理を振る舞って楽しく過ごした。

「ブロムホフ様からるんさんと美鶴さんの手紙を見せていただいた時、なんだか懐かしくなりました」

「懐かしい？」

「ええ。わたしが父と暮らしたように、幸せな家族が江戸にいるのだなと思うと、一度、江戸に行きたい、るんさんと美鶴さんに会ってみたいと思いました」

丈吉はそんな話をしつつ、庭を飽きずに眺めていた。美鶴は、

（丈吉さんは早く長崎に帰りたいのだろうか）

と思うと胸の奥がちくりと痛んだ。

「あたしも長崎でオランダ冬至を祝いたい」

美鶴は思わず口にしていた。丈吉の顔がぱっと明るくなった。

「それはいいですね。美鶴さんが来てくれれば――」

「本当に？」

美鶴は丈吉の目をのぞきこんだ。

「オランダ冬至にはこんなお祝いの言葉を言います」

丈吉はゆっくりと、

——プレティゲ、ケルストダーゲン（メリークリスマス）

と言った。

美鶴が口真似して、

「プレティゲ、ケルストダーゲン」

と言うと、丈吉は少しあわてた。

「これを言うとキリシタンだと疑われてしまいますから、出島でしか言えないんです」

美鶴は丈吉のあわて方がおかしかった。胸の中で、

——プレティゲ、ケルストダーゲン
とつぶやいた。いつかきっと長崎で丈吉にこの言葉を言おう、と思った。

二日後、丈吉はるんと駒次郎に、

「この銀貨で会津屋からテリアカを買おうと思うのですが」

と言った。

「え、どうしてですか。せっかく遠山様からいただいたのに」

るんはとんでもないことだと反対した。

「るんさんがおっしゃっていた鷹見様のお役にたちたいのです」

「それは嬉しいですけど、丈吉さんにそこまでしていただくいわれがありません。それに会津屋さんはまだ仕入れていないって言ってました」

「あれは嘘だと思います。長崎の唐人屋敷にあったテリアカはほどなくなっていました。なぜだかわかりませんが、会津屋はわたしたちに売らないために銀貨の話を出して無理難題を持ちかけたのだ、と思います」

駒次郎が頭を振って言った。

「だとしても、丈吉さんにとって、あの銀貨はお父様の思い出の品じゃありませんか」

「思い出は父と遠山様の胸の内にあればよいのです。わたしは銀貨を持って行き、遠山様への誤解も解いておきたいのです」

そこまで言われて、るんも銀貨は富貴の病を治す薬のために使った方がいいという気がしてきた。

(ひとの役に立った方がドゥーフ様もお喜びになるかもしれない)

るんがうなずくと丈吉はにこりとした。それからは誰が会津屋に行くのかという話になった。丈吉はしばらくブロムホフについていなければならない。駒次郎も番所和解御用の仕事を控えている。るんはきっぱりと言った。

「わたしひとりで会津屋に行ってきます」

駒次郎があわてて、

「ひとりじゃ危ない。わたしも行きます」

と言ったが、るんはいったん言い出したことを変えなかった。

「わたしだけの方が会津屋さんも安心すると思うの」

駒次郎は腕を組んで心配そうな顔をした。


翌日、るんは大伝馬町の会津屋に一人で行った。

店に入ると、先日と同様、五兵衛という番頭が帳場に座っていた。店の中は手代たちが荷作りなど忙しげに働いていたが、五兵衛は相変わらず、鼻毛を抜いて暇そうにしている。るんが来たのを見て、じろりと横目でにらんでから、仕方なさそうに上がり框《かまち》まで出てきた。

「主人はあれから浜田に戻りましてね。江戸にはおりませんのですが」

五兵衛はつまらなそうに言った。

「あの、この間、会津屋さんは銀貨があればテリアカをお売りくださるというお話でした。一枚だけですが、手に入ったので売っていただきたいのです」

るんが声をひそめて言うと、五兵衛の目が欲深そうに光った。

「ほう——」

とうなずくと、素早くあたりを見回した。

「すぐにはお売りできないんですよ。三日後の夕刻に来ていただけますかね」

五兵衛は舌舐《したな》めずりするように言った。

「三日後ですか」

「ええ、この店に置いてあるわけじゃありませんからね」

そんなことは考えたらわかりそうなものだ、という口調だった。

「で、本当に銀貨は手に入ったんでしょうな」

「はい、さるお方から譲っていただきました。でも、そのお方がカルロス銀貨をたくさんお持ちだという噂は間違いだった、と会津屋さんにお伝え願いたいんですが」

「なるほどね」

五兵衛はうなずくと、にやりと笑った。

「たった一枚でもカルロス銀貨はいまのところいい値がつくそうですよ。お嬢さん、いい商売をなさいましたな」

るんは不安を感じたが、三日後の夕刻に来ると約束して長崎屋に戻った。

すぐに丈吉や駒次郎、沢之助、美鶴と部屋で相談した。五兵衛が何かを企んでいるような気がしたからだ。

「それは、るんさん一人ではいかない方がいいでげす」

沢之助は相変わらず幇間言葉で言ったが、ふざけているわけではなかった。思いがけないほどまじめな顔だった。

「ああいう大店の古狸の番頭はんは性質《たち》の悪いのがいてますよって、用心が肝要でげす」

「そうです。会津屋にはやはりわたしが行きましょう。最初からそうすればよかった」

駒次郎が膝を乗り出して言った。

「いいえ、会津屋にはわたしが行きます。これは、やはりわたしがしなければいけないことだったのです」

丈吉がきっぱりと言った。

「丈吉さんが?」

るんは眉をひそめた。オランダ人の容貌を持つ丈吉が、ひとりで会津屋に行けば騒ぎにならないはずがない。

「とは言うても、なんや会津屋は怪しげや。ここはひとつ、この間と同じように皆で道行としゃれなあきまへんな」

「あたしも行っていいの」

美鶴が嬉しそうに言った。るんは頭を振った。

「美鶴まで行くことはないわ。それに銀貨を持っていくのだから、大勢で行って目立ったりしないほうがいいと思うの」

るんが考え込むと、駒次郎が皆の顔を見渡した。

「どうだろう、会津屋には丈吉さんとるんさんが行くとして、わたしと沢之助さんがこっそり後ろからついていったら」

「そうでげすな。それしかおまへんな」

沢之助があっさりと賛同した。美鶴は不満そうな顔になったが、不意にうつむいて頭をおさえた。

「どうしました」

丈吉が心配そうに訊き、るんも美鶴をのぞきこんだ。

「ごめんなさい、なんだか目の前が急に暗くなったの」

美鶴は顔をあげて言った。眉間にしわがよっている。あえぎながら、

「怖い――」

とつぶやいた。

「なに、怖いって何なの」

るんは美鶴の肩に手をやって訊いた。美鶴は顔色が白くなり、いまにも倒れそうだった。

「わからない。ただ、暗闇の中に誰かが待ち受けているような気がする」

三日後、るんは丈吉とともに会津屋の店の前に立った。ひと通りは少なく、もの寂しかった。隣の小間物問屋は閉まっている。向かいの木綿店にも客の姿は無く、店の名を染め出した暖簾が風に揺れていた。店は雨戸が閉められ、しんと静まりかえっていた。

中には誰もいる気配がない。

それでも丈吉がくぐり戸に手をかけると、すぐに開いた。中は薄暗い。丈吉は怖々とのぞきこんで、

「まず、わたしが入ってみます。呼んだら、るんさんも来てください」

と言った。るんは、会津屋から二町ほど離れた辻に立っている駒次郎と沢之助を振り向いた。駒次郎がうなずくと、丈吉はくぐり戸から入った。

「もし、どなたかおられませんか」

丈吉が声をかけた。るんは、こわごわとのぞきこんだ。薄暗く、よく見えない。土間の奥に向かう丈吉の後ろ姿がわずかに見えた。

――うわっ

不意に悲鳴があがった。るんが驚いてくぐり戸から入るのと、丈吉らしい影がどさりと土間に倒れるのが一緒だった。

「丈吉さん――」

近づこうとしたるんは、黒い影が土間にうずくまるようにして、丈吉のそばにいるのに気づいた。影は丈吉の体をまさぐっているようだった。

るんは悲鳴をあげた。すると板敷から、別の小さい影が土間に飛び降りた。さらにるんに近づき、威嚇するように、

――きーっ

と鳴いた。

(猿だ――)

るんが正体に気づいた時、駒次郎と沢之助が飛び込んできた。

「るんさん、大丈夫ですか」

駒次郎がるんの肩に手をかけた。るんはうなずくと土間の丈吉を指さした。

「丈吉さんが――」

と言いながら、黒い影を探したが、それらしいものは見えなかった。ただ、猿が板敷に駆け上がり、さらに奥へ続く廊下へと走り去ったのが、辛うじて見えただけだった。

「なんだ、いまのは」

駒次郎は不気味そうにつぶやいた。丈吉のそばにしゃがみこんだ沢之助が、

「丈吉はん、しっかりしなはれ」

と声をかけて抱き起こそうとしたが、ふとそばの土間を見て、声にならない悲鳴をあげ

た。土間に男がうつぶせに横たわっている。

（誰だろう）

駒次郎は近寄って確かめようとした。くぐり戸からの白い明りが男の肩のあたりまで届いている。

駒次郎が男の肩をゆさぶると、男の顔が、がくりと横を向いた。鼻のわきに大きな疣。

会津屋の番頭五兵衛だった。

五

「死んでいる」

駒次郎が息を呑んで言った。さらにあたりを見まわして、

「刃物で殺されたみたいだ。このあたりに血が流れてる」

たしかに土間に生臭い臭いが立ち込めていた。沢之助が震えながら言った。

「お役人を呼ばなあきまへんな」

るんがうなずいた。

「わたしが番所に行くわ」

駒次郎が頭を振った。

「それは駄目です。ここから急いで逃げないと」

「逃げたりしたら、お役人に疑われるじゃない」

るんは驚いて言った。

「いえ、ともかく丈吉さんをここから連れ出さなければ駄目です。丈吉さんの顔を見れば、南蛮の血を引いていることはすぐにわかります。丈吉さんを江戸に連れてきたことがわかれば、それだけでお咎めを受けます。それにお役人に会津屋に来たわけを話したら、銀貨のことまでばれるかもしれない。そうなったら、遠山様にもご迷惑がかかります」

「そらそうやなあ。お役人にいらんこと調べられたら長崎屋の商売にも障るかもしれへん。ここは、早いとこ逃げの一手や」

沢之助は気がせくように肩を入れて、丈吉を抱えあげた。駒次郎もまた反対側で肩を入れた。

るんは倒れている番頭を振り向いた。くぐり戸からの日差しが番頭の手のあたりまで届いている。袖からむき出しになった腕に紐が巻きついているように見えた。

――海蛇の刺青だ
会津屋八右衛門と同じ海蛇の刺青が五兵衛の腕にもある。

(同じ刺青をしているなんて)

「なにしてはるんどすか。急がなあきまへん」

るんは沢之助にうながされるまま、くぐり戸から外をのぞいた。幸いなことに、ちょうどひと通りが少ないころで、いまなら人目につきそうになかった。

「いそいで」

外に出て、るんが先に立って歩き出した。沢之助と駒次郎は丈吉を引きずるようにして続いていく。二町ほど歩いて辻を曲がろうとした時、角に駕籠屋があるのに気づいた。

駕籠を頼んで丈吉を乗せようとすると、丈吉の草履に血がついている。あっと思った時には駒次郎がさりげなく懐に入れていた。

「お嬢さん、急ぎましょう」

駒次郎が言うと、沢之助はわざと陽気な声で、

「しょうがおへんなあ。昼間から酔っぱろうてしもうてからに」

と言いながら駕籠かきたちに笑いかけて見せる。るんたちが丈吉を乗せた駕籠とともに長崎屋に帰りついたのは半刻後のことである。

丈吉はすぐに奥座敷に寝かせられたが、頭を何かで強くなぐられた以外には、怪我はないようだった。気がついた丈吉は、かすれた声で訊いた。

「銀貨は?」

るんははっとして丈吉の懐に手を入れたが、銀貨は無かった。るんが頭を振ると、

「盗られたのよ」

美鶴がぽつりと言った。

丈吉のそばにうずくまっていた黒い影が盗ったのだとるんは思った。あれが丈吉の懐から銀貨を抜き取ったのだ。

会津屋の番頭を殺したのも、あの男に違いない。なにより、男の傍に猿がいたのが証拠だった。

間なしに、丈吉が怪我をしたことを聞いた源右衛門が、真っ赤な顔をして奥座敷に来た。

「どういうことだ。丈吉さんに何かあったらカピタン様に申し訳がたたないんだぞ」

会津屋に行ったわけを説明すると、源右衛門は今度は青くなった。そして大名や旗本へのあいさつまわりから戻ったブロムホフとひそひそ話していたが、夜になって遠山景晋に手紙を出した。

景晋からの返書が来たのは翌朝のことである。

源右衛門は手紙を持ってブロムホフの部屋に行き、何事か相談していた。

この日の昼過ぎ、駒次郎はひとりで会津屋の様子を見に行った。番頭の死体が見つかったかどうかを確かめてみようと思ったのだ。

見とがめられないよう編笠をかぶり、袴をつけ、脇差を差して武家の若党のような身なりだった。

会津屋のまわりは人だかりがしていた。通り過ぎながら、駒次郎は道具を抱えた大工に、

「何かあったのですか」

と訊いた。小太りの大工は振り向きもせずに答えた。

「押し込みらしいな」

「押し込み？」

「ああ、閉めたばかりの店だっていうのにな。なんでも年寄りの番頭が中で殺されていたんだそうな。それも短刀で首筋を斬られていたらしい。後ろから忍び寄って、口を押さえてさっと斬ったんじゃねえかって話だ。盗人は腕の立つ野郎だな」

「ほう」

駒次郎はうなずいたが、その時、店の中から出てきた男を見てあっと声をあげそうになった。打裂羽織、裁着袴姿の武士が出てきた。武士は店から出ると黒い塗笠をかぶったが、その前に顔がはっきりと見えていた。頬骨《ほおぼね》のあたりが赤黒く痣《あざ》になっている。

武士の肩には灰色の毛をした赤い顔の猿が乗っていた。

武士とともに出てきた奉行所の同心は、ひどくぺこぺこしている。武士は不機嫌な顔でむっつりとしていた。

武士の肩に乗っている猿。

会津屋の番頭のそばにいた猿に違いなかった。だとすると、あの時、るんが見たという

死体のそばの黒い影はあの武士なのではないか。

武士こそが会津屋の番頭を殺した下手人なのかもしれない。しかし、いま武士は同心に頭を下げられながら、店から出てきた。

(何者なんだ)

駒次郎が武士の横顔をにらんだ時、きぃーっ、と猿が鳴いて歯を剝いた。

駒次郎はあわてて顔を隠し、人ごみにまぎれた。編笠をかぶっているから顔は見られなかったはずだと思ったが、それでも背筋がひやりとした。

振り向いた時の武士の視線が刃のように鋭かった。

駒次郎は長崎屋に戻ると、先日の男が会津屋にいたことをるんに話した。

「やはり、あのお武家の仕業だったのかしら」

「しかし、どうしてお役人が頭を下げていたのか」

「あのお武家もお役人なのかもしれない。お役人だから、会津屋の番頭を殺してもお縄にならないんだわ」

「まさか——」

いくら何でも奉行所の役人がひとを殺すとは、駒次郎には信じられなかった。

二人がそんなことを話していると源右衛門から座敷に来るように呼ばれた。座敷にはブロムホフと頭に白い布を巻いた丈吉がいた。

「駒次郎にちょっと話があるんだ」

源右衛門が珍しく厳しい顔で言った。駒次郎が膝を正した。

「実はな、知っての通り、ブロムホフ様は明後日には江戸を発って、長崎へ戻られる。もちろん丈吉さんも一緒だが、この間のようなことがあったばかりだ。駒次郎に長崎まで付き添って欲しいんだ」

「わたしも長崎へ戻るのですか」

駒次郎は驚いた。源右衛門はうなずいた。

「丈吉さんは長崎の者にとって恩義があるドゥーフ様の御子息だ。何かあったら困る。それに、お前は会津屋で人が殺されているのを見ちまった。それがお役人に知られて調べられると面倒だ」

「会津屋に行ったのはるんさんや沢之助さんも一緒です」

「ふたりとも江戸と京の者で身元がはっきりしている。なんとでもごまかしは利くが、お前は長崎の者だけにいろいろ問い質される。丈吉さんが江戸に出てきていたことがばれたら大変なことになる。遠山様もそのあたりのことをご心配なすっているんだ」

「それはそうかもしれませんが、わたしはまだ勉学の途中ですし――」

突然、長崎に戻れと言われた駒次郎は渋った。

「いや、江戸にはまた出てくればいい。それよりブロムホフ様のお話では、来年、長崎にお見えになるシーボルト様は大層な学者だということだ。蘭学を志している若い者が日本中からシーボルト様の弟子になりたくて集まってくるんじゃないのか」

源右衛門の言葉に駒次郎ははっとした。たしかにその名はすでにオランダ通詞から聞いていた。医学だけでなく植物、地理学などにも詳しい学者だという。シーボルトに師事した方が学問は進むのではないか。

駒次郎があれこれ考えているそばで、るんは気を揉んでいた。

(お父っつぁんたら、よけいなことを言うんだから)

一度、長崎に戻れば、いつまた江戸に出てこられるかわからない。

駒次郎は、るんの気持に気づかないまま、

「わかりました。わたしも長崎へ戻ります」

と返事をしてしまった。源右衛門は顔をほころばせ、ブロムホフもほっとした表情になった。中でも丈吉は嬉しそうに、

「駒次郎さんと長崎に帰れば向こうでも親しくすることができますね」

と声をはずませるのだった。

出発するブロムホフを見送るため、鷹見十郎左衛門が長崎屋を訪れた。

十郎左衛門は二階のブロムホフにあいさつした後、一階の広間でるんや美鶴、駒次郎、

丈吉に話した。

「このたびは皆にとんだ迷惑をおかけした。富貴も、るん殿や美鶴殿のことを心配しておる」

十郎左衛門が頭を下げたので、るんはあわてた。

「とんでもございません、誰がそのようなことを申し上げたのでしょうか」

「沢之助殿からお聞きした」

「沢之助さん――」

るんはまわりを見まわしたが、沢之助は雲行《くもゆ》きを察したのか、どこにも姿は見えなかった。十郎左衛門は手を振った。

「わしが無理を言って聞き出したのだ。実は勘定奉行の遠山様より、ひそかにお呼び出しがあった」

「遠山様から?」

「遠山様はるん殿たちが会津屋の番頭殺しに巻き込まれたことをご存じであった。それだけでなくわしが妻のためにテリアカを探していることも知っておられた」

「そのことで鷹見様におとがめがあったのでございましょうか」

「いや、そうではない。遠山様はそなたたちが会津屋に関わったことを案じておられた。というのも、会津屋は抜け荷をしておる疑いがあるそうな」

るんは息を呑んだ。源右衛門が心配していたのは、このことだったのか。

「会津屋の番頭は銀貨が欲しくて欲を出したのだろうが、そのことで抜け荷がばれるのを恐れて殺されたのではあるまいか」

「抜け荷の一味の掟は厳しいそうです。裏切り者だけでなく、一味のためにならない者はすぐに殺してしまうと聞いたことがあります」

丈吉は眉をひそめて言った。十郎左衛門は厳しい表情になった。

「この件が明らかになれば遠山様に類がおよぶ、ドゥーフ殿の御子息を江戸に連れてきていたということでカピタンにもお咎めがある。さらに長崎屋殿やわしにも火の粉が飛んでこぬとも限らぬ」

るんはぞっとした。抜け荷などに関わったら一家は磔《はりつけ》である。恐ろしい落とし穴をのぞいた気がした。

「遠山様はわしの妻のためにテリアカを長崎の信頼できる商人から手に入れるゆえ、会津屋には関わらぬようにとのことだ。きょうはるん殿たちにこのことを伝えに参った」

「でも、丈吉さんの銀貨を盗っていったのは誰なんでしょう。会津屋の手先でしょうか」

るんは猿を肩に乗せた武士の赤い痣がある顔を思い出しながら言った。

「さて、それはわしにもわからない。とにかく遠山様は会津屋のことに関わらせたくない

「抜け荷を――」

ご様子だ」

十郎左衛門も困惑するだけだった。

駒次郎が長崎に戻ることになったのも遠山様の御指図なのだろうか、とるんが思った時、奉行所の役人が広間に入ってきた。

二階からブロムホフが降りてきて、役人のあいさつを受けた。その後、長崎屋の前から駕籠で出発する。

蘭癖の大名、旗本、蘭学者らは長崎屋では見送らず、品川宿にて待ちうけ、ブロムホフとの送別の宴を張るのである。

十郎左衛門も品川での見送りのため、先に長崎屋を出た。

ブロムホフが役人とあいさつしている間、るんは別室で丈吉、駒次郎との別れを惜しんだ。いつの間にか沢之助も加わっていた。

丈吉はるんと美鶴に何度も、

「わたしはまた、きっと江戸に出てきます」

と約束した。そして駒次郎も、

「長崎に戻ってシーボルト様に学びますが、四年後のカピタンの江戸参府のおりにはお供してくるつもりです」

と言った。

わたしもそうします、と丈吉が言うと美鶴が嬉しそうに、

「四年後ですね」

とつぶやいた。しかし、四年後という言葉にるんの表情は曇った。

(四年後なら、美鶴は十七だけど、わたしは十九だ)

十九なら、娘は嫁いでいても不思議はない年ごろである。

大店の長崎屋だけに縁談を持ち込まれるに違いなかった。美鶴は四年後まで待つことができるが、自分はわからないと思うとるんはせつなくなった。

「随分、先の話ね」

るんは肩を落とした。四年後には何かが変わっているかもしれない。いつまでも同じものなどないのではないか。

「四年はわたしには長すぎます」

思わず口からこぼれ出てしまった。

駒次郎が不意に、

「なんだか、長崎に戻るのが嫌になった」

とぽつりと言った。

みんな一瞬、戸惑ったが、沢之助が、

「なーに、四年なんて、あっという間でげす。そうなるように、わてがにらんで見せやし

ょう」

と、歌舞伎のように見得を切る仕草で、手のひらを開いて宙に舞わせ、目をむいた。

市川団十郎の〈睨《にら》み〉のつもりらしい。他の者は笑ったが駒次郎は笑わず、じっとるんを見つめた。

駒次郎は何か言いたげだった。るんは胸が高鳴るのを感じた。

六

るんが住む日本橋石町のせまい路地の先にある長屋にひとりの尼僧が住むようになったのは、ブロムホフが長崎に帰ってから三月が過ぎたころである。尼僧は妙心尼《みょうしんに》という名だった。

尼僧が寺ではなく長屋住まいするのを近所の者は不思議がった。やがて妙心尼が、占いを生業《なりわい》とするのだとわかって納得した。

本所に小さな寺を持っているのだが、今年は方角が悪いため〈方違《かたたが》え〉で住居を変えなければならないと卦が出たので日本橋に出てきた、という。

占いをするといっても、辻に立つわけではなく、長屋まで富裕そうな町人や武家が訪ねてきて、何事かひそひそと話しては帰っていく。

長屋の者に対して占いをしようと持ちかけることはなかった。見料が高いのだろうと見当がつくから、長屋のだれも占ってくれとは言わないが、時おり妙心尼が外に出てきた時などには、どんな言葉をもらすかと女房たちは聞き耳をたてた。

るんが妙心尼の噂を聞いて占って欲しいと思ったのは、駒次郎と丈吉が四年後には江戸に来るかどうかを知りたかったからだ。

美鶴に話すとすぐに賛成して二人で出かけようとしたところに、沢之助が陰で話を聞いていたらしく、

「それはまずいでげす」

いつもの幇間言葉で入ってきた。

「まずいって、どういうこと」

「占い師なんてもんは、裏でどんな奴とつながっているやらわかりまへん。大店のお嬢はんらが、そんな占い師の長屋になんか行ったらあきまへんがな」

「じゃあ、どうすればいいの」

「ここに呼んだらよろしゅおます。長崎屋が呼んだら喜んできはります」

「だって、大店のご主人らしいひとやお武家まで長屋に話を聞きにいっているのよ。来てくれっていっても断られるんじゃない」

「そんなもん、客を呼ぶためのサクラに違いおへん。呼んでも来へんかったら行けばよろ

しゅおす。もっともわては来る方になんぼでも賭けますけど」

沢之助の世故《せこ》に長けた見方が当たったのか、妙心尼は三日後には長崎屋を訪れた。るんは少しがっかりしたが、実際に会った妙心尼が三十半ばでふくよかな顔立ちの美しい人だったので、そんなことはすっかり忘れた。

薄紫の衣を着て白い頭巾をかぶった妙心尼は、芝居にでも出てきそうなほど見映《みば》えがした。

長崎屋に来た妙心尼を見て、真っ先に驚いたのはるんの母、おかつだった。

妙心尼がるんや美鶴、沢之助がいる座敷に座ると、茶を持ってきたおかつは、ぽかんと口を開けてまじまじと妙心尼を見た。

「おかほちゃん？　あなた、帰ってきたの」

二十数年前、丙寅の大火事があったころ、神隠しにあったように姿を消したおかほだった。妙心尼はにこりとして言った。

「長崎屋さんなら、おかつちゃんがいるだろうと思ったけど、やっぱりだった」

「やっぱりって、こっちはびっくりだわよ」

おかつは涙ぐみながら妙心尼の手を握り締めて何度も振った。

「日本橋の家を出てからあちこち行ったけど、生きていく場所なんて、どこにもなかった。気がついたら髪を下ろして仏門に入っていたというわけ」

「伊豆屋さんが丙寅の大火で、皆、お亡くなりになったことは知ってるの？」

「知ってはいたの。実を言うとね、火事のあった後、一度、伊豆屋に戻ったの。その時はまだ家が黒こげのまま残っていた。だけど、誰も生きていないのがわかったし、また遠くへ行ったの」

「どうして、そのまま日本橋にいなかったの。ご近所に知りあいも多かったんだし、どうとでもなったのに」

「そうできないわけがあったんだけど、話せないわ。ただ、わたしも尼になって両親や兄たちの菩提《ぼだい》を弔っているから、親不孝も少しは勘弁してもらえるんじゃないかしら」

妙心尼は町家の女と変わらない話し方をして、茶を飲んだ。おかつと妙心尼がひとしきり話をはずませた後、るんが言った。

「おっ母さん、きょうは占ってもらいたいことがあって、お招きしたの」

るんの言葉に妙心尼はうなずいた。

「そう、とても気になることがおありらしい」

「いえ、遠くへ行った男の人が江戸に戻ってくるかどうかだけをお訊きしたいんですが」

るんが言うと、妙心尼は数珠《じゅず》をまさぐりながら目を閉じた。口の中で念仏を唱えていたが、しだいに顔つきがきつくなった。やがて、

帰ってくる二人とも。だが、ひとりは生きて、ひとりは魂となって

妙心尼は口を閉じたままなのに、どこからともなく声が響いた。かすれた、男のような声である。座敷にいる皆がぎょっとして腰を浮かせた。るんは青ざめた。

「ひとりは魂となってって、駒次郎さんと丈吉さんのどちらかが死ぬってことですか」

つぶやくように言うと、妙心尼は激しく頭を振った。

黙れ

雷鳴のような声が轟いた。るんは立ち上がりかけた腰をすとんと落とした。妙心尼の姿がひどく大きく見えている。

この尼を借りて伝えたいことがある

皆、怖々と妙心尼を見つめた。

妙心尼の口は相変わらず閉じられたままだ。肌が透き通るほど白く、瞼を閉じた顔が仏像のようだった。

この家は国の災いを招くぞよ
「国の災いですって」

るんは思いがけない言葉に息を呑んだ。沢之助がおびえた顔で、

「そんなあほな。あんまりや」

とつぶやいた。おかつがにじり寄って、

「おかほちゃん、あんまりひどいことを言わないでおくれ」

とすがるように言った。すると妙心尼の体がぶるぶると震え出した。ひいっ、とのどがしめられるような声をもらしてうつぶせに倒れた。

「妙心尼様――」

るんが取りすがると、やがて妙心尼はゆっくりと体を起こした。そして、皆の顔を見渡したが、美鶴の顔をしばらく見つめて、

「あなただけのようだね、わたしと同じものが見えたのは」

と静かに言った。

美鶴の顔は蒼白になっていた。妙心尼の問いには答えず、ただ、

「怖い――」

とだけ言った。るんは振り向いて美鶴の肩に手をかけた。

「怖いって、何が。何が見えたの」

青ざめた美鶴は震えながら宙を見据えている。

「いやっ」

小さく悲鳴をあげた。

美鶴は頭を振って何も言わずに部屋から出て行った。

るんが追いかけようとするのを沢之助が止めた。

沢之助は妙心尼に向かって言った。

「妙心尼様、いま美鶴はんが見たもんとはいったい何どっしゃろか」

「さて、わたしにはわかりません」

おかつはむきになって訊いた。

「だって、いまおかほちゃんはわたしと同じものが見えたって言ったじゃないか」

「わたしの中にいるものが見たんですよ。わたしは覚えていないの」

「そんなことって」

「よくあることなのよ。その家に行って、何か見えたと思ったら、家の中の誰かが同じものを見ている。だけど、それが何なのかわたしにはわからない」

「じゃあ、美鶴に訊いたらわかるんだね」

「訊かない方がいいし、言わない方がいい」

「どうして――」

おかつはおびえた顔になった。

「聞いてしまったり、言ってしまったら、その通りになるから。あの子が見たものは恐ろしいものだったらしいから、そっとしておいたほうがいい。そうしたら、見た通りにはならないかもしれない」

妙心尼はつぶやくように言うと、そのまま辞去していった。おかつが見料を払おうとしたが、妙心尼は笑って、

「昔馴染《むかしなじ》みだから」

と言って受け取らず、ひとり帰っていった。

美鶴は何を見たのか、誰にも話さなかった。

時々、二階にあがって西側の窓際に座り込んで、ぼんやりと空を眺めることが多くなった。

るんはある日の夕方、二階の部屋にいた美鶴のそばに行った。

窓からは日が斜めに差しかけた家並が見える。

「話さなくていいけど、それはとても悲しいことだったの？」

るんが訊いているのは妙心尼が占いに来た時に美鶴が見たもののことだ。美鶴はかすかにうなずいた。

「とても、悲しかった。あんなもの見なければよかった」

「そうなの。だけど妙心尼様が言っていたよね。見た通りにはならないかもしれないって」

「あたしには、そうなるってわかる」

美鶴の目には涙が浮かんでいた。るんは美鶴の肩に手を置いた。

「大丈夫だよ。美鶴にはわたしやお父っつぁん、おっ母さん、それに沢之助さんだってついているんだから」

「だけど——」

美鶴はまじまじとるんの顔を見た。

「悲しい思いをするのはあたしだけじゃないんだよ。お姉ちゃんだって」

「わたしも？」

妙心尼と美鶴の話から丈吉が江戸に帰ってこないのだろう、と思っていた。しかし駒次郎は帰ってくる。ひそかにそう思っていたのだ。

それなのに、わたしにも悲しいことが起こるのだろうか。それは何なの、と美鶴をゆさぶって訊きたかったが、妙心尼の言葉を思い出した。

(聞いてしまえば、本当になるかもしれない)

そう思うと何も言えなくなる。るんは黙って美鶴のそばに腰を下ろした。

美鶴は夕焼けの空を眺めていた。雲が黄金色に輝き、家々の屋根瓦に照り映えている。

「お姉ちゃん、あたし、悲しいことが起きたら、世の中なんか、みんな燃えてしまえばいいのにって思う」

えっ、とるんは耳をそばだてた。美鶴が言っていることはいつか、自分もどこかで考えたことがあるような気がした。

江戸の火事には、娘にまつわる大火が多い。大火は娘の持つ妖しさを呼び覚まし、狂わせるのだろうか。そんなことをずっと前に思ったことがあった。

「火事はすべてを奪ってしまう」

るんが何気なく言うと、美鶴は微笑んだ。

「そう。何もかも無くなってしまう。だけど、もし、大事なものを無くしてしまったとしたら、大火事が起きても同じことだと思ってしまうかもしれない」

美鶴はそう言うと遠くを見つめた。

美鶴の横顔を夕日がうっすらと赤く染めている。

るんは、美鶴が見つめる家並がしだいに朱に染まっていくのが何か恐ろしいことを暗示しているように感じて、窓の桟を握りしめた。

第二部

一

二年後——

文政七年（一八二四）二月。

長崎の出島で変事が起きた。

出島は中島川にかかる橋を越えて門を入ると西端が石垣を組んだ荷揚場になっている。オランダ商館長が事務や来客を迎えるのに使うカピタン部屋、出島の事務を行う町役人が詰める乙名部屋《おとなべや》などの建物がある。

これらの建物の北側に一番から三番までの土蔵造りの倉庫が並んでいる。

長崎湊の輸入品は日本側から注文された将軍、老中、長崎奉行などの御用品である〈誂物《あつらえもの》〉、オランダ東インド会社の〈本方荷物〉、同社の社員に販売が許された〈脇荷物〉の三種類があった。

一番蔵には輸入品のうち砂糖が、二番蔵には染料が保管され、三番蔵にはそれ以外の輸入品が納められていた。

この日、道富丈吉は、乙名部屋に昼過ぎに顔を出したが、顔色が悪く苦しげだった。乙名のひとりで大通詞の松藤清左衛門《まつふじせいざえもん》が心配して声をかけたところ、

「何でもありません。少し腹痛がするだけです」

と応えた。しかし、それからも様子がおかしいため、清左衛門は帰るように勧めた。

「そうさせていただきます」

丈吉は土気色をした顔で額に脂汗を浮かべて言った。腹を押さえて足取りも覚束ない様子だ。

よろよろと乙名部屋を出た丈吉だが、その後、行方がわからなくなった。家の者が丈吉が戻らないことを心配して出島に来た。清左衛門は驚いた顔をして、

「もう出島を出たはずだが」

と言った。しかし門番は丈吉が出島を出ていない、と証言した。このため通詞たちが捜したところ、二刻（約四時間）過ぎた夕刻——

丈吉は三番蔵で死んでいるのが見つかった。

蔵には外から錠がかけられ、丈吉は床に仰向けに倒れていた。傷などはなく、死因はわからなかった。

丈吉の死体が見つかった時、駒次郎は出島の通詞部屋にいた。

あわてて蔵に駆けつけると、丈吉の遺骸が運び出されるところだった。死体を見つけた見習い通詞が、

「丈吉さんは、何かに驚いたような死に顔でしたが、苦しんだ様子ではありませんでした」

と言った。

遺骸は商館医のシーボルトによって検屍が行われたが、

「心臓の発作のようだ」

という結論だった。蔵に錠がかかっていたのは、丈吉が倒れているのに気づかず、誰かが閉めてしまったのではないか、とみられた。しかし、駒次郎は不審なものを感じて、丈吉が死んでいた三番蔵に行ってみた。

蔵の中は梁《はり》がむき出しになっている。明り取りの小さな窓があるだけで、出入りできるのは扉のみであった。

丈吉が倒れていたのは床の中央あたりだったという。

蔵の中は麻袋がうず高く積まれ、油桶やリキュール酒の樽《たる》もあった。見上げると、梁から滑車《かっしゃ》がぶら下がっている。麻袋などを持ち上げて上に積むためのものだ。

丈吉がここに倒れていたとすると、滑車の真下になる。

駒次郎は、丈吉が倒れていたとされる場所で青銅の器を見つけた。カピタンたちがワインを飲む酒器だ。中に液体がわずかに残っている。鼻を近づけて嗅いでみる。何の臭いも感じない。

(ただの水だろうか。どうしてこんなものがここに)

駒次郎は首をひねった。倉庫番の中には納酒樽から酒を盗み飲みする者もいるという話だが、丈吉がそんなことをするとは思えない。さらにあたりを見まわす。床に積まれた麻袋の陰で何かが光った。

「これは――」

手を伸ばして拾った。

「遠山様から丈吉さんが受け取った銀貨だ」

駒次郎は低くつぶやいた。江戸で見たあの銀貨に違いない。

(銀貨がここにあるのはなぜなんだ)

丈吉がどこかで手にしたのだろうか。しかし、丈吉にはそんな様子はなかったが。

出島にはカピタンはじめ十五人ほどオランダ人がいる。出入りして働く者は乙名や人足まで加えると百人近くになる。

そのひとびとは誰も乙名部屋を出た丈吉を見かけていなかった。ただ、その中に不思議なことを言う人足がいた。

――猿を見た

というのである。それも三番蔵の明り取りの窓から外をのぞき、隣の二番蔵へ飛び移ったというのだ。

「猿――」

長崎屋の前で見かけ、さらに番頭が殺された会津屋にも猿がいて、遠く離れた長崎にまでも。

あの猿だろうか。だとすれば顔に赤痣のある武士もいたはずだ。しかし、清左衛門に訊くと、

「そんなお武家は来ておらんな」

不機嫌な顔で答えた。さらに出島の門番に確かめても、見ていないというばかりだ。だが、駒次郎は、清左衛門が知っていることを隠しているのではないかと感じた。

（あの猿を飼っている武士が出島に来ているはずだ）

そのことが丈吉の死と関わりがある。駒次郎は丈吉の死の真相を確かめずにはいられない、と思った。

（もしかして、丈吉はあの猿を見かけて三番蔵へ入ったのではないか）

丈吉は猿の持ち主が銀貨を持ち去ったと思っていた。猿を追って銀貨を取り戻そうとし

たのではないだろうか。

猿が三番蔵にいるのを見た丈吉が中に入った後、外から錠がかけられた。猿は滑車に飛びつき、さらに梁を伝って明り取りの窓まで行って外へ出たのだろう。

丈吉が不思議な物でも見て驚いたような顔をして死んでいたのは、猿の動きを追っていたからだ。そう考えると丈吉が滑車の下で死んでいたのも、納得がいく。

三番蔵で見つけた銀貨を駒次郎は懐に忍ばせていた。銀貨を取り出して眺めた。

駒次郎は、長崎に戻ってからも丈吉とは親しくしてきた。

唐物掛として唐人屋敷に詰めていることが多い丈吉だが、暇のある時は出島まで来て駒次郎と話すことがよくあった。

「また江戸に行きたいなあ」

丈吉は何かというと長崎屋のことを口にした。

「あと、二年したらいけるんだから」

励ますように駒次郎が言うと、

「待ち遠しいですね」

丈吉は無邪気に笑った。

駒次郎は丈吉の笑顔を思い出して、ふと涙ぐみそうになった。るんの顔が胸に浮かんだ。

長崎に戻ってから、江戸での日々を思い出すたび、るんや美鶴、沢之助、そして丈吉と過ごした日々が懐かしかった。

(丈吉さんは友だった。もしも、殺されたというのならば、殺した奴を突き止めないではおかない)

駒次郎は決意を固めた。

丈吉の葬儀は長崎のひとびとによって盛大に行われ、遺骨は皓台寺《こうだいじ》に葬られていた。

「丈吉さんは誰かに殺されたんじゃないでしょうか」

葬儀から三日後、駒次郎は商館医の部屋でシーボルトに言った。

シーボルトは雄偉《ゆうい》な体格で面長、鼻が高く理知的な容貌をしており、まだ二十七歳という若さだった。近ごろ長崎市街地の北、鳴滝《なるたき》に二町ばかりの土地を購入して、病人の診察と蘭学を学びたい生徒への講義を行う塾を開くことを計画していた。

駒次郎はシーボルトの塾を開きたいという考えに共鳴して、塾の設立に駆けまわっている。

「丈吉の死に不審がある」

駒次郎の突然の言葉に、シーボルトは不思議そうな顔をした。

「なぜ、そう思うのですか」

すでに門人とも言える駒次郎が言い出したことだけに、シーボルトも無視できなかった。シーボルトに問い返された駒次郎は、ためらった後、

「丈吉さんは誰かに狙われている気がすると言っていたのです」

と話した。丈吉は長崎に帰ってから、唐人屋敷の鄭十官《ていじゅっかん》に会った。会津屋が仕入れたテリアカを調べようとすると、鄭十官は興奮して怒り出した。

「わしが取り扱う品物はすべてお役人にお届けしている。大量なテリアカなど扱っていない。わしに抜け荷の疑いをかける気か」

と叫んで、丈吉からあらぬ疑いをかけられたと長崎奉行にまで訴えた。奉行所では対応に困り、一応、丈吉に対して、

――叱り置く
という叱責処分にした。その後も丈吉の唐物目利という役職は解かれなかったから、鄭十官は、

「奉行所はドゥーフの子の肩を持つ」

と不満をもらしていた。

それ以来、丈吉は長崎の町を歩いていても唐人に後をつけられたり、時には面とむかって罵倒されることがあった。

夕刻になって唐人屋敷を出ようとした時、薄闇の中から五寸釘を投げつけられ、危うく

怪我をしそうになったことさえあったという。

このころ長崎の唐人には不穏な動きがあった。文政三年、幕府が唐人の長崎市中での密売行為を禁じたのがきっかけだった。

幕府は大村藩に命じて唐人屋敷の出入りを監視する番所を設けたが、唐人はこれに反発して町に出ようとした。

唐人のうち数人はこっそりと市中に脱け出して捕らえられた。

見とがめられた唐人の中には、番士に投石したり、番所に火のついた木片を投げ込む者までいた。さらに唐人三百人が番所に押しかけて乱暴するという事態にまでなったのである。

駒次郎が唐人とのもめ事を話すと、シーボルトはうなずいて、

「なるほど、そういうことなら、怪しむべき点は多々あります」

と言った。

唐人たちが何かしたのではないかと疑った駒次郎は、唐人屋敷の番所で当日のことを聞いてみた。すると、鄭十官はあの日、唐物掛との会合があって、唐人屋敷から一歩も出ていないということだった。

(しかし、鄭十官が使っている唐人は多い。誰かにやらせたのかもしれない)

疑いをとくわけにはいかない、と駒次郎は思っていた。

シーボルトは広い額を指で押さえて、しばらく考えていたが、

「まず怪しむべきは丈吉の症状です」

「症状ですか？」

「わたしは心臓の発作による急死と診《み》たてましたが、実は疑問を持ちました。なぜなら、丈吉はあの日、昼過ぎに乙名屋敷に来た時にはもう具合が悪そうだったということです。特に腹痛を訴えて苦しんでいたらしい。心臓の発作より前に何かがすでに起きていたのかもしれません」

「それは毒を盛られたということでしょうか」

「それはわかりません。毒の場合、吐血や吐くなどの症状がありますが、そうではなかった。腹痛を訴えたということは何かの中毒かもしれません。解剖すればそれがわかったのですが、丈吉は長崎にとって特別な人間だけに誰もそれを望みませんでした」

「長崎のひとは今もドゥーフ様を尊敬していますから」

「だから誰も丈吉がひとによって殺されたなどと想像したくなかったのでしょう。ただ、わたしはひとつ疑ったことがあります」

「何を疑われたのですか」

駒次郎が首をかしげると、シーボルトは腹のあたりをなでた。

「丈吉の腹部は少し腫《は》れていました。わたしが診たのは、死亡してからあまり時間がたっ

ていなかった時なので、死ぬ前は通常より熱があったのではないか、と思います」

「それは、どういうことでしょうか」

「丈吉は腹部に炎症を起こしていたのかもしれません。それが腹膜炎にまでなっていたのではないでしょうか」

このころ、まだ盲腸炎について正確なことは医学的に把握されていなかった。

病理解剖の結果、右側の腹膜炎の原因となっているのが盲腸の先端にある虫垂の炎症によることは一部で指摘されていた。盲腸その物の閉塞による炎症という見方が主流で、〈盲腸周囲炎〉と診断されていた。

イギリスの医師が盲腸炎により生じた膿瘍の切開手術に成功するのは、これより二十四年後の一八四八年である。

このため虫垂の切除手術などは行われず、もっぱら投薬で症状を抑えようとするだけだった。

まず与えられるのは下剤で、下痢を起こさせようとするのがほとんどだった。しかし、患者の痛みが治まらず熱が上がると、阿片《あへん》や酒を与えることもあったという。

「阿片をですか」

駒次郎はシーボルトの説明に驚いた。ケシの花から採取されるアヘンは、恐るべき中毒性を持つ麻薬だ。

日本では阿芙蓉《あふよう》として医療用に少数が出回っていただけだが、隣国の清では一七九六年にアヘンの輸入を禁止している。

シーボルトは話を続けた。

「阿片には患者の痛みをやわらげる効果があるので下剤と併用するのです。しかし、これは危険なのではないかとわたしは思っています。腹部に炎症が起きて体力が落ちている患者に下剤を投与すれば、さらに体力が落ちます。そこで阿片を飲ませれば生命も危うくなる危険があります」

「もし、丈吉さんが盲腸周囲炎で苦しんでいて、そこに阿片を大量に飲ませたとしたら」

駒次郎は息を呑んだ。

「殺すつもりなら、そうするかもしれません。盲腸周囲炎で苦しんでも死ぬとは限らないからです。阿片を大量に飲ませれば確実に殺すことができるでしょう」

「では、丈吉さんは三番蔵で阿片を飲まされたんでしょうか」

「あるいは自分で飲んだのかもしれません」

「自分で？」

駒次郎は目を瞠った。シーボルトは冷静な表情で言った。

「三番蔵には様々な交易品が積まれていました。その中にひそかに阿片が隠されていたのではないでしょうか。丈吉は三番蔵に阿片があることを知っていて、しかも盲腸周囲炎の症状を抑えるのに阿片が使われると誰かに教えられたとしたら――」

苦痛から逃れようと阿片を探す丈吉の姿を思って、駒次郎は胸がつまった。そんな丈吉を蔵に閉じ込めた者がいるのだ。

「阿片を飲んだ後、丈吉が発見されるのを遅らせるために誰かが錠をかけたのでしょう。わたしの診立てでは、丈吉は一度に阿片を大量に飲んだため心臓の発作が起きて死んだのです。しかし、発作が起きなくても阿片を飲み、そのまま三番蔵から出られずにいたら、腹膜炎が進行して生命を失ったでしょう」

シーボルトの目には鋭い光があった。

「しかし、なぜ猿がいたのでしょうか」

駒次郎の疑問は続く。

「それはわかりませんが、ひょっとしたら、丈吉を三番蔵に導くために使われたのかもしれない。丈吉は腹部の痛みに苦しんでいても、阿片に手を出すつもりはなかった。ところが、猿を追いかけて思わず三番蔵に入ってしまった。そこに水の入ったカップまで用意されていたとしたら、もはや逃れることはできなかったのではないでしょうか。丈吉が最期に見たのは、三番蔵の床に倒れた自分を残して、窓から逃げて行こうとする猿の姿だったかもしれません」

駒次郎は呆然とした。シーボルトの言うことが正しいと思えた。

丈吉はたまたま盲腸周囲炎になったところを狙われて殺されたのだろう。あの猿を連れた武士は丈吉をずっとつけ狙っていたのではないか。そして丈吉を蔵に誘い入れるためにカルロス銀貨を使ったのだ。

礼を言って商館医室から出ていこうとした。頭を下げドアを閉めようとして、ふとシーボルトと目があった。非情とも見えるほど理知的な目だ。

その時、駒次郎の頭に考えがひらめいた。

（腹痛に苦しんでいた丈吉は、なぜシーボルト様に診てもらわなかったのだろう）

シーボルトはすでに鳴滝で日本人の患者も診ていた。出島にいた丈吉がそのまま商館医室を訪れれば、すぐにシーボルトの診察が受けられたのではないか。

なぜ、そうしなかったのだろう。

三年前、長崎では熱病が流行したことがある。この時、丈吉は後遺症で胸を患った。当時、出島の医官テュリングは四週間にわたって丈吉を往診し、投薬を行った。熱心な治療によって丈吉は健康を取り戻したと聞いていた。

（出島で具合が悪くなればすぐにシーボルト様のところへ行くはずではないか）

駒次郎はその疑問について通詞部屋に戻ってからも考えた。

丈吉はシーボルトに親しもうとしていなかった。

鳴滝で開かれるシーボルトの塾に丈吉を誘ったところ、

「いえ、わたしは入りません」

ときっぱり断られたのだ。理由を問い質すと丈吉は困った顔で、

「シーボルト様には偽りがあります」

と言った。

謹厳なシーボルトが嘘をついているなど信じられなかった。

「偽りとはどういうことですか」

「駒次郎さんは気がつきませんか。シーボルト様の言葉が本当のオランダ語ではないことに」

駒次郎は困惑した。シーボルトのオランダ語のあやつり方がおかしく、

「オランダ人ではないのではないか」

と通詞の間でもささやかれていたからだ。この噂に対してシーボルトは、

「オランダ人にもニーダードイツ（低地オランダ人）とホッホドイツ（高地オランダ人）がいる。わたしは山岳地のオランダ人なのだ」

と説明していた。

丈吉はドゥーフの息子としてオランダ商館員たちから特別に待遇されているだけに、シーボルトがオランダ人ではなく南ドイツ、バイエルン生まれのドイツ人であることを知っていた。

丈吉はそのことを駒次郎に話してから、

「シーボルト様はただの商館医ではなく、特別な任務があって日本へ派遣された方のようです」

と言って眉をひそめた。

オランダはナポレオン戦争の際にフランス、イギリスに占領されていた植民地を還付されたものの、植民地貿易の見直しを迫られていた。

日本の産物、国土などの総合的な研究が必要とされていたのだ。

このため医学だけでなく、動植物学、地理などに造詣《ぞうけい》の深いシーボルトをオランダ領東インド陸軍病院外科少佐に任じ、商館医として派遣したのである。シーボルト自身、オランダへの報告書には、

——此の国に於ける万有学的調査の密命を帯びたる外科少佐ドクトル＝フォン＝シーボルト
と署名していた。

オランダ政府が与えた密命とは日本に関してすべてを調べあげること。言わばスパイだった。

そんなシーボルトにとって、調査の有効な手段は優秀な日本人を門人として、調査に協力させることだった。

鳴滝塾で講義するのはそのためだと察知し、丈吉は入門を断ったのである。

「シーボルト様は偉い方だと思いますが、なされようとしていることは日本のためにならない気がするのです」

丈吉はどこか悲しげに言った。

駒次郎はそう聞いても塾の開設に協力した。それだけに丈吉が腹痛に苦しみながら、シーボルトのところに行かなかったことが気になった。

(もしかすると丈吉さんはシーボルト様のところへ行ったのではないか)

恐ろしい想像が湧いてきた。

丈吉が盲腸周囲炎だったとすれば、三番蔵の阿片を飲むように示唆したのはシーボルトなのではないか。

阿片を飲ませたうえで三番蔵の錠をかけて死に至らしめるほどの医学的な知識を持っているのはシーボルトだけなのだ。

シーボルトがドイツ人であり、日本を調べあげるために来たことを丈吉は察していた。任務を果たすために、丈吉の口を封じる必要があったのではないだろうか。

——まさか
と思いつつも駒次郎は額に汗が浮いてくるのを感じた。

駒次郎から丈吉の死を報せる手紙が長崎屋に届いたのは、六月になってのことである。

るんは十七、美鶴は十五になっていた。

近ごろ、美鶴は夜中にひどくうなされることがあった。おかつやるんが心配して寝る部屋を変えようかなどと話していたその矢先だった。

るんに宛てた駒次郎の手紙では、丈吉の死についての疑惑が記され、最後には、

「再来年には、カピタンの江戸参府の伴をして江戸に行きます。その時までに、この疑惑が晴れていればいいのですが。もし、疑いのままでいるとしたら、皆さまにご相談したい」

と書かれていた。

るんは手紙を読み終えて泣いた。丈吉の死を知って美鶴は部屋に閉じこもった。

丈吉の死の謎はるんにもわからない。

シーボルトという商館医が丈吉を殺したのかもしれない、などと言ったら、どんなことになるだろうか。

駒次郎の手紙によれば、シーボルトは二年後の文政九年には江戸参府の一行に加わるようだ。

（シーボルト様が江戸に来られる）

るんは胸騒ぎがするのだった。

二

このころ、るんに縁談があった。

相手は、葛谷新助《かつらやしんすけ》という若い蘭学者だった。

仲を取り持ったのは鷹見十郎左衛門だ。

富貴の遠縁にあたる男で、実家は沼田藩の軽格だった。子だくさんな家で、新助は五男だという。養子口を探さねばならない身の上だが、学問が好きで江戸に出て学者を志した。それも蘭学を学ぼうとしているのだが、実家が貧しいだけに、長崎屋に婿入りして勉学を続けたいという意向らしい。

話を聞いた源右衛門は、そんなつもりでは長崎屋の婿は務まらないから、と断るつもりだった。ところが、十郎左衛門の屋敷で一度、新助に会ってから考えが変わった。

「葛谷さんは目から鼻に抜けるように賢いひとでな。あれなら商人になっても大丈夫だ。それに、顔がよくて見映えがする。長崎屋の主人として、どこへ出しても恥ずかしくないだろう」

めったに若い男を褒めない源右衛門が気に入ったとあって、おかつも乗り気になった。不安に思うるんなのだが駒次郎とは言い交わした間柄でもない。両親が勧める縁談を断る術がなかった。

このことを美鶴に相談すると、

「大丈夫よ。きっと――」

美鶴は言葉少なに言うだけだ。るんははっとした。美鶴は丈吉が死んで心の傷がまだ癒えていない。そんなところに縁談の相談を持ち掛けて、ひどく心ないことをしてしまった。

「ごめんね」

あわてて謝ると、美鶴は、

「どうしてあやまるの」

と怪訝な顔をした。

「だって、丈吉さんが亡くなったというのに」

口ごもると、美鶴は微笑した。

「あたしのことなら……大丈夫。それより、お姉ちゃんは自分のことを考えた方がいい」

「わたしのことって？」

「お姉ちゃん、駒次郎さんが好きなんでしょう」

美鶴ははっきり言う。

「そんなこと、よくわからない」

るんは戸惑った。

「嘘。だってお姉ちゃんが駒次郎さんを好きなのは、この長崎屋が好きなのと同じよ。見ていたらわかる」

「お店が好きなのと、駒次郎さんのことを好きなのがどうして同じなの」

るんは不思議そうに言った。美鶴は天井を見上げて、

「長崎屋って、ただの商売をしているんじゃない。カピタンさんとの絆を大事にしているんだって、お父っつぁんがよく言うじゃない。駒次郎さんもオランダさんとの絆を大事にするひとだから、お姉ちゃんは好きなんだと思う」

美鶴の言葉が深く胸にしみた。次の言葉を言おうと思うが、どう言ったらいいのか。駒次郎への気持はまだ自分でもよくわかっていないのだ。

「だけど、葛谷新助っていう方も蘭学者でオランダさんとの絆を大事にするひとなんじゃないの。そうでなければ、お父っつぁんがあんなに気に入ったりしないと思うけど」

「でも、違うって、言ってるわ」

「えっ、違うって、誰が——」

美鶴は答えずに、ふふっ、と笑った。

るんの縁談には沢之助も興味津津《しんしん》だった。

「なにしろ、長崎屋の次の主人にならはるひとかもしれへんよって、わてにも無縁ではお

まへん」

「無縁ではないって、沢之助さんには関わりのない話よ」

からかわれているような気がして、るんはむっとした。しかし、沢之助は平気な顔で、

「そんなことはありまへん。もし、わてが美鶴はんと夫婦になるんやったら、るんはんの旦那様は義理の兄いうことになりますさかいな」

「沢之助さん、美鶴と夫婦になるつもりなの？」

かねてから沢之助は美鶴が好きなのではないかと思っていたが、丈吉のことがあって、すっかり忘れていた。沢之助は、いまも美鶴と一緒になりたいと思っているのだろうか。

沢之助は、ははっ、と笑った。

「それが無理なことは、るんはんはようご存じのはずや。丈吉はんが江戸に来はった時から、美鶴はんの心には丈吉はんがいてます。そやさかい、わては――」

驚いたことに沢之助の目はうるんでいた。

「どうするの？」

思わずるんは引き込まれるように訊いた。

「女心は綱をつけて縛れまへん。美鶴はんには生きたいように生きてもろうて、その道がわてと結びあう日が来るのを臥薪嘗胆《がしんしょうたん》待つしかおへん」

沢之助は真面目な顔で言った。その言葉はるんの胸に響いた。

(好きな相手だったら、生きる道が重なる日が来るのを待てるはずだ)

わたしは駒次郎を待てるのだろうか。

その答えを、るんはまだ見つけていない。


十日後、鷹見十郎左衛門が葛谷新助を伴って長崎屋を訪れた。新助は質素な身なりだったが、月代をきれいに剃り物腰も柔らかだった。

色白で鼻筋がとおった整った顔立ちで愛想がよかったが、おかつは一目見て眉をひそめた。

源右衛門と一緒になってるんの縁談を決めようとしていたのだが、店に来た新助に会うと、熱が冷めていった。

十郎左衛門と新助を奥座敷に通して、るんに茶を出させる段になると、眉間にしわを寄せて、

「まったく、うちのひとは――」

と愚痴めいた言葉をもらした。おかつは、一緒に茶を出すよう美鶴に言った。

るんは茶を出す時、新助の顔をまともに見なかった。台所に戻ると、おかつがなぜか不機嫌そうに座っており、続いて戻ってきた美鶴は、座るなり、くすりと笑った。

おかつは、それに気づいて、

「なんだい、この子ははしたない――」

と叱ろうとしたが、すぐに自分もおかしくなったのか噴き出した。

「どうしたの、ふたりとも」

るんが驚いて訊くと、おかつが手を振りながら言った。

「どうも、こうも。あのひとは二枚目気取りらしいが、眉の間に大きな黒子《ほくろ》があってね、しかもそれに毛が生えているのさ」

「本当なの」

るんはうつむきながら茶を出したので、新助の口もとが見えただけである。そう言えば新助が店に来た時、眉間に黒子があるのを見たような気がする。

(仏像みたいな)

と思ったが、どんな黒子かまでは見てなかった。

「確かにちらっと見たら、美男だけどね。よく見ると、顔のつくりがどこか半端だね。それに、利口なひとだっていうけど、あれは口がうまいだけだろうと思うよ。まったく、一目見ればわかることなんだけどねえ」

後は源右衛門の悪口になることだから、さすがにおかつは口を閉ざした。そうこうしているうちに、源右衛門が十郎左衛門を送って出た。おかつがあわてて店の方に行くと、

「葛谷さんは、もう少しいなさる。るんに菓子でも持っていかせなさい。二人で話をさせ

たほうがいい」

源右衛門は、すっかりその気になって言った。十郎左衛門の手前、おかつは表情を変えなかったが、振り向いて、るんに顔をしかめて見せた。

十郎左衛門が帰ると、るんは奥座敷に饅頭《まんじゅう》を持っていった。おかつが新助を気に入らないのがわかっているだけに気持が楽だった。

長崎屋では、いくら源右衛門がその気になっても、おかつが承知しなければ、物事は決まらないのだ。

新助は饅頭を持ってきたるんに、

――やあ、これはうまそうだ
と笑いかけた。物馴れた様子の新助に対して、るんは眉間の黒子を見て微笑む余裕があった。

すると、何を勘違いしたのか新助は、

「よろしくお願いいたす」

と頭を下げてにこりと笑った。すっかり、るんの婿になる気でいる。るんが何とも言えず黙っていると、新助は膝を乗り出した。手を伸ばしてくる。まさかと思ったが、手を握ろうとしているようだ。

るんは一瞬、はねつけるかどうか迷った。遠い縁とはいえ、十郎左衛門の縁戚の男に手厳しい真似をするわけにはいかない。しかし、新助はるんが少しでも受け入れれば、そのまま婿入りの段取りを進めそうな気がする。それに初対面で手を握ろうとする男の図々しさに腹が立った。

（どうしよう）

と思った時、新助の手の動きが止まった。るんの気持を察したのかと思ったが、そうではないようだ。

新助はあらぬ方を見つめて、ひどく驚いたように口を開けている。るんは新助の視線の先を追った。何もない。

「どうしたんですか」

るんが訊くと、新助ははっとわれに返った。

「いや、何でもありません」

新助はあわてて頭を振ったが額には汗を浮かべていた。

新助との縁談をめぐって、長崎屋では源右衛門とおかつがひさしぶりに角突き合わせる夫婦喧嘩になった。

その様子を見て、沢之助が、

「これはあきまへんなあ」

とるんに言った。

「なにが、あきまへんなの」

るんが面白がって訊くと、

「縁談なんてもんは、まわりの者の気持が明るうにならなあきまへん。夫婦になる二人が仕合わせになるだけやのうて、まわりも仕合わせにするんがええ縁談どす。喧嘩のもとになるんやったらあきまへんなあ」

沢之助は見かけによらず、古風なことを言った。

「でも、最初は仲が悪くても、だんだん良くなるっていうこともあるのでしょう」

「そら、本人たちの心がけしだいどす。葛谷はんは他人任せにしてはります。そんなん、るんはんの婿はんにふさわしいと言えまへんなあ」

夫婦喧嘩の旗色は初めから源右衛門が悪かった。

娘二人がおかつを支持していたからだ。源右衛門は渋々、十郎左衛門に断りを言いに行こうとしたが、その前に富貴から手紙が来た。

中身を読んだ源右衛門は、ひどくうなっていたが、やがて手紙をおかつに渡して足早にどこかへ行ってしまった。どうも、料理屋にでも酒を飲みに行った気配だ。

おかつは手紙を読むと、すぐにるんと美鶴を呼んだ。

「やっぱりね。思った通りだったよ」

おかつは、笑顔でるんに手紙を渡した。

富貴は、自分の縁戚との縁談を長崎屋に持ち込んだことを詫びていた。

葛谷新助とは、以前会ったこともなかったが、突然屋敷を訪ねてきたのだ、と富貴は言う。

富貴が伏せっているため、十郎左衛門が会うと、新助は蘭学修業のために江戸に出てきた、と決意のほどを述べた。そのうえで、蘭学修業ができるような婿入り先はないか、と十郎左衛門に訊ねた。

訊ねはしたものの、婿入り先として長崎屋はどうか、と新助自ら言い出したという。

十郎左衛門は気が進まなかったが、富貴の親戚を大事にしようという思いから、紹介の労をとった。

そのことを聞いた富貴は心配になって、親戚に手紙で問い合わせた。すると、新助が学問熱心なのは本当だが、一方で不行跡も多いことがわかった。

実家に女中奉公していた百姓の娘を孕《はら》ませたという。

娘は里に帰り、女の子を産んだ。

新助は娘を正式の妻にしたわけではないから、長崎屋への婿入りを望んでも不都合はないが、他所に子があるのを隠していたことになる。

新助は里に帰った娘に、その後も時おり金を送るなどしているらしいから、まったく人情を解さないわけではないと思うが、いずれにしても、そのような男との縁談を勧めてしまった、と富貴は申し訳ない旨書いていた。

さらに、このことを明らかにしては、十郎左衛門の体面にも関わるので、虫のよい話だが、長崎屋殿から断りがあった、ということで収めてはもらえないだろうか、と恐縮した文言が続いていた。

「もったいない。富貴様にこんなに気を遣わせて、あの葛谷ってひとは、とんだ唐変木《とうへんぼく》だよ」

おかつは胸がすっとしたようだ。

「ねっ、お姉ちゃん。大丈夫だったでしょう」

美鶴が笑いながら言った。るんはうなずきながらも、

(お見合いの時、あのひとは何かを見て驚いたけれど、あれは何だったのだろうか)

と思った。

美鶴が自信ありげに大丈夫だ、と言ったことと関わりがあるような気がするのだ。

るんは、葛谷新助とは二度と会うことはないだろうと思っていたが、半年後、使いに出た帰りに、日本橋の上でばったり出会った。

新助は編笠をかぶり、羽織、袴に手甲、脚絆、草鞋履きで、背には荷を負った旅姿だった。

るんに気づいた新助は頭を下げた。この日は月代も伸び、あごのあたりには無精ひげも生えて、だらしない様子だった。

（これが、このひとの普段の姿なのだろう）

と、るんはおかしかった。るんが笑顔を見せたことで、新助はほっとしたようだった。

「見合いのおりはご迷惑をおかけしました」

新助は意外な正直さで言った。るんが何と答えていいかわからないで当惑していると、

「富貴様に叱られました。子までいるなら、その相手を大事にすべきだ、と。まことにそうです。わたしが間違っておりました」

新助は淡々と言った。

「それでは御国に帰られるのですか」

「いいえ、長崎に参ることにしました」

「長崎に？」

「鷹見様が路銀を出してくださいましたので、長崎に行き、シーボルト先生の教えを受けます。修業いたして蘭方医となったうえで国に戻り、親子三人で暮らすことにいたしたいと思います」

シーボルトの名を口にした時、新助の目が明るく輝いた。長崎で本格的に学べるという希望が新助を素直にしているのだろう、とるんは思った。

「わたしの知っているひとがシーボルト様のもとで勉学しておられます。葛谷様のことをお伝えしておきましょう」

るんは駒次郎のことを思い浮かべて言った。

「さようですか。助かります」

新助は頭を下げると、そのまま別れを告げた。橋を渡って行こうとして、ふと振り向いた。新助は気にかかっていたことがあるらしく、おずおずと訊いた。

「長崎の知り人とは、オランダ人のように目が青いひとでしょうか」

るんが首を振ると、新助はほっとしたように言った。

「長崎屋さんにお邪魔してるんさんと話していた時、中庭に目が青いひとが立っているのが見えました。ところが、すぐに消えてしまって。あれは何だったのか、今でも不思議です」

新助は首をかしげながら、去っていった。

（丈吉さんだ）

るんは道富丈吉が守ってくれたのだ、と思った。

見上げた空に白い雲が流れていた。

るんは駒次郎への手紙で新助のことを報せた。見合いの相手だったとも書けないため、富貴の縁者だとしておいた。

翌年、駒次郎から返書が届いた。新助のことにも触れられていた。

新助は長崎に着くと鳴滝塾に入ることができたという。

蘭学を熱心に学んでいるが、塾には陸奥国水沢出身の高野長英《たかのちょうえい》という塾頭がいる。塾でも一番の秀才なのだが、なぜか新助を気に入らず、ことあるたびにいじめている。長英はオランダ語を流暢に操れるだけに、新助にオランダ語で質問し、答えられない場合、オランダ語で罵倒するのだという。

そこまで読んで、るんは眉をひそめた。初対面の源右衛門に気に入られるほど如才ない新助だったが、諸国からよりすぐりの秀才が集まった鳴滝塾では通用しなかったのだろうか。

日本橋で会った時の新助のどこか頼りなげな顔を思い出すと、思わずるんは同情しそうになった。しかし、駒次郎の手紙はさらに続いていた。

長英は、塾生に普段もオランダ語で話すことを命じ、これに反する者から罰金を取っていたが、新助はしばしばこれにひっかかって、罰金を取られた。

たまりかねた新助はある時、長英が塾に来るのを見はからって、廊下に蠟《ろう》を塗っておいた。そのことに気づかない長英は廊下で見事に滑り、腰をしたたかに打って、

「痛い――」

と叫んだ。すると、新助はすかさず、傍に寄って、

「あなたでも痛い時には、オランダ語は使われぬのですな」

と皮肉たっぷりに言った。これには、長英も閉口し、まわりの塾生も大笑いした。それまで新助は塾生の中で浮いており親しく交わることもなかったが、それ以来打ちとけてきたようだ、と駒次郎は書いていた。

続きを読んで、るんはほっとした。

新助は見かけとは違って、実は生きることに不器用でひとに誤解されやすい男なのかもしれない。それでも、懸命に蘭学を学び、道を開こうとしているのだ。

新助の子を産んだという娘は、そんな新助の本当の姿をわかっていたのだろう。

三

文政九年（一八二六）三月――

「さあ、また忙しくなるぞ」

源右衛門は朝から大声を出していた。その声が耳に入らない様子で使用人たちはあわただしく動いている。帳場におかつが座って采配を振るうのもいつものことだ。

長崎屋の前にはアルファベットのVの字にOとCをからませた紋が入った赤、白、青色

の幔幕が張られている。

オランダ商館長スチュレルが江戸に着いたのは三月三日のことだった。一月九日に出島を出発してから、五十五日間かけて江戸に着き、長崎屋に入ったのである。

一行は商館長のほか商館員の薬剤師ビュルゲル、付き添い大通詞末永甚左衛門《すえながじんざえもん》、小通詞岩瀬弥十郎に使節の私用通訳として名村八太郎《なむらはちたろう》、さらに長崎乙名で大通詞でもある松藤清左衛門が特別に加わっている。荷物運びの小使、料理人などを合わせると総勢五十七人だ。

この中にシーボルトも加わっていた。

参府の一行とは別に調査の補助として門人の高良斎《こうりょうさい》、画家の川原慶賀《かわはらけいが》や書生ら八人を連れていた。

その中には駒次郎や葛谷新助もいた。

鳴滝に開いた塾には、各地から弟子入りする者が集まっていた。いずれも後に蘭医として名を馳せることになる俊秀だった。

シーボルトは週に一回、鳴滝で患者を診た。外科、眼科、産科、婦人科での手術、内科的処置を行って、しばしば難病を治療した。門人たちは直にシーボルトの手術を見つつ学んだのである。

江戸参府は日本の調査旅行その物だった。

シーボルトは常に一行に先立ち、毎日朝昼晩と温度を測り、経緯度を測定した。

この行動を不審に思った幕府の目付が問い質すと、新助が得意の弁舌で、

「カピタンが旅程を時間通りに進めるため、毎日、正午に天文の器械を使って時計を合わせるように命じたからです」

と言い逃れた。シーボルトは新助の機転を喜んで、

「あなたには、外交の才能があるようだ」

と笑った。

長崎屋の土間に立ったシーボルトを見た当初、るんは今まで会ったカピタンたちとひどく違っていると思った。額が広く理知的で威厳があり、青い目にはひややかな光を湛えている。声はやわらかいが、威圧的な感じもした。

商館長のスチュレルはじめ商館員たちもどことなくシーボルトに遠慮がちだった。一行の中にいながら、独立した存在のような雰囲気を漂わせている。

シーボルトはるんと美鶴に微笑んだ。

るんは十九、美鶴は十七になっている。

大人びたるんは肌もしっとりとして、身のこなしにも落ち着きが出ていた。美鶴は目の輝きがまして、ほっそりとした儚げな風情があった。

シーボルトは美しい姉妹を前にして長崎の遊女其扇《そのぎ》を思い出した。

出島の商館では丸山遊郭の遊女を呼んでの酒宴をたびたび催した。招かれてやってきた其扇にシーボルトは魅かれた。

シーボルトは其扇と会った時、妖精のようだと思った。それだけに金で買われた遊女として其扇に接することを悲しんだ。

片言の日本語を交えて其扇に熱心に話しかけ、時おり、商売でのもてなしとは違う、ひめやかな微笑が浮かぶのを楽しんだ。

其扇もしだいに心を開くようになった。何より、諸国から蘭方医になるため多くのひとたちが詰めかけ、崇敬の念を寄せるのを見るにつけ、

(偉かおひと)

という思いが湧いてきた。会う回数を重ねるうちに、遊女と客という間柄を越えて愛し合うようになっていった。

熾烈な探究心と学問への情熱から、ひとに対して峻厳なシーボルトであったが、其扇と出会ってからその人柄に温かみが加わった。

るんは、駒次郎からの手紙でシーボルトの人となりを伝え聞いていた。しかし、実際に会ってみると、

(この方が丈吉さんを殺したなんてとても思えない)

と感じた。

るんたちに、にこやかにあいさつしたシーボルトは、二階に用意された部屋に入った。

駒次郎は自分の荷物を男衆に預けるやいなや、るんがいる奥座敷に急いだ。

四年たって、駒次郎も顔つきが大人びて精悍《せいかん》になっていた。

「丈吉さんと一緒に戻ってきたかったんだが……」

駒次郎は湿った声で言った。

美鶴は頭を振った。

「大丈夫、丈吉さんも来てるから」

「えっ、丈吉さんが」

駒次郎がぎょっとした顔になると、るんがあわてて言った。

「美鶴はよく丈吉さんの夢を見るから」

「そうか、夢か」

駒次郎がほっとすると美鶴は微笑した。

「皆には夢だろうけど、わたしには違う。生きている時の丈吉さんの姿が見えるの。廊下の隅とか縁側や庭先に、時には屋根の上でぼうっとしている丈吉さんがいる。そして、わたしにいろいろ話してくれるの」

駒次郎は戸惑って訊いた。

「話って、何を」

「誰に蔵の中に閉じ込められたのかとか」

「えっ、わかるのかい」

「ええ、駒次郎さんはシーボルト様を疑っているって手紙に書いていたけど、そうじゃないって」

「シーボルト様じゃないって。それじゃ誰なんだ」

「さあ、丈吉さんはそれを言わないわ」

美鶴はゆっくりと楽しげに言った。美鶴は自分だけに見える丈吉との会話を楽しんでいるのだろうか。

駒次郎は半信半疑ながらも、胸の奥に安堵するものがあった。

るんは、駒次郎が美鶴の言葉に救われたと察した。

丈吉について美鶴が話すのは夢を見たからだろう、とるんは思っていた。

丈吉が死んだと伝えられたころから、美鶴の様子はおかしくなった。夜も寝つかれず、ひとりで庭に出ては暗い夜空を見上げていることがあった。昼間も朦朧として、部屋の片隅で何かひとり言をつぶやいたりしていた。

夢うつつの中で丈吉と話している気持になるのは悲しみから逃れるためだろうと誰もが思った。

美鶴を心配したおかつは、妙心尼を呼んで相談したことがある。

妙心尼はすでに本所の寺に戻っていたが、長崎屋に来ると一室で美鶴と二人きりになった。半刻（約一時間）ほどして部屋から出てきた妙心尼は、

「心配はいらないよ。そうさね、後、三年もしたら普通になるだろうよ。それまでの辛抱《しんぼう》だね」

おかつは表情を曇らせた。

「後、三年って言っても、若い娘にとっては大事な年ごろだよ。美鶴は二十歳になってしまう。嫁《い》き遅れるじゃないか」

るんがすでに十九歳で、まだ嫁いでいないのが悩みの種のおかつはため息をついた。妙心尼は笑った。

「なんだ、そんなことか。おかつちゃんは、わたしがどんなに苦しい思いをしたかわかってないようだね。三年で普通になったら御の字なんだよ」

妙心尼はそう言って、自分が体験したことを語るのだった。

おかほが不思議なものを見るようになったのは十歳を過ぎたころからだった。

家の座敷にうずくまっている老婆や、座敷でゆらゆらと陽炎のように揺れる若い男、庭の池に浮いてこちらを見ている男の子など、その時は気味悪いとも思わず、誰もが見てい

るものとばかり思っていた。しかし、廊下に寝そべっている老人を避けて歩いたり、二階から階段を下りてきた武士に話しかけられて答えたりすると、家族や店の使用人たちが異様なものを見る目つきで自分を見るようになった。

ある日、おかほは家の前で泣き始めた。突然、あたりが真っ赤になり、近所の屋根から炎が噴き出してひとびとが逃げ惑う悲鳴が聞こえたからだ。

涙がとまらず声が枯れるほど泣き続けて、三日間寝ついた。しかし、火事などは起きておらず、おかほは自分が見たものが何だったのか、怪しむようになった。

それでも家の中での失くし物はすぐに見つけたし、近所に盗みに入った男がさりげなく去っていこうとする後ろ姿に、

——泥棒

と声をかけ、うろたえた泥棒が捕まるということもあった。

おかほが一番嫌だったのは、死期が近いひとがわかるということだった。

病気や老衰だけでなく、事故や事件で亡くなるひとも前もってわかった。おかほが見て、そのひとの姿が薄くなり、向こうが透けて見えるひとは、原因はさまざまであっても間もなく亡くなるのだ。

おかほはふさぎこむようになり、家族が女の祈禱師を呼んだが、この女がとんでもないいかさま祈禱師だった。

おかほがお題目を唱えると女は恐怖の表情を浮かべて失神してしまった。それ以来、おかほは自分の部屋に閉じこもってひとと会わなくなった。

不思議なものが見えなくなればいいと心底思った。しかし、十六になったある日、不意に両親と兄二人の姿が透き通って見えた。

「それはそれは怖かったよ。家族が皆死んでしまうってことだからね。そんな風に見えてしまう自分が悪いんだと思った。自分がここにいたら皆が死んでしまう。そう思ったから家を出たんだ。ところが、間もなく火事が起きて、家族はひとり残らず死んでしまった。子供の時に、まわりが真っ赤になって屋根から炎が噴き出しているのを見たのは、この火事を告げるお知らせだったんだろうね。ところが、わたしは皆が死ぬとわかっていながら、助けもしないでひとりだけ逃げ出して命を拾ったんだよ。そのことで、どんなに後悔したかしれやしない」

火事の後、江戸の町を放浪していたが、やがて品川宿でひとりの老尼に拾われ、老尼の世話をすることで生きてきたのだ、という。過去を語る妙心尼の目にはうっすらと涙が浮かんでいた。

「家族が死ぬことがわかるほどつらいことはない。美鶴さんは、そんな力がいずれ無くなるんだから、いいじゃないか」

妙心尼はそう言った後、ふと放心したように黙った。

「おかほちゃん、どうしたんだい。気になるじゃないか」

おかつが問いかけると、妙心尼はわれに返った。

「以前、この家に国の災いが来ると言ったんじゃなかったかね」

妙心尼の言葉を聞いて、るんは思い出した。

「おっしゃいました。あの国の災いって何だったんでしょうか」

妙心尼はるんの顔をじっと見つめた。そして、低くかすれた声で言った。

「間もなく来る。異質なる者がこの国に災厄をもたらす。その時、るんさんは――」

妙心尼が言ったのは不思議な言葉だった。

「悲しんじゃいけないよ」

るんはその言葉をどう受け止めたらいいのかわからなかった。


ひさしぶりに江戸に戻った駒次郎は、るんとふたりで鷹見十郎左衛門の屋敷を訪れた。

駒次郎はるんと歩きながら、四年前よりもよく話した。その癖、るんの顔をあまり見ようとはしない。

「駒次郎さん、なぜ、わたしの方を向いて話さないの」

るんが思い切って訊くと、駒次郎は顔を赤らめて意外なことを言った。

「葛谷さんはるんさんとお見合いしたそうですね」

「そんなことを葛谷さんは話したんですか」

るんは戸惑った。

「いや、葛谷さんじゃなくて、塾の他の者が言っていました。葛谷さんが江戸のオランダ宿の娘と見合いをして断られたらしいと」

「断ったなんて」

「わたしはそう聞いて嬉しかった」

「えっ？」

駒次郎はそれ以上言わず、先にさっさと歩いていった。るんは小走りについていって、十郎左衛門の屋敷の門前でやっと追いつくことができた。

「駒次郎さん――」

るんが呼びかけると、駒次郎は振り向いた。

「わたしは、るんさんに、今のままでいてほしいんです」

「女ですから、いまのままというわけにはいきません」

「それはそうですが」

駒次郎は困ったように頭をかきながら門をくぐった。

この日、富貴は珍しく起きており、ふたりに茶を点ててくれた。

「遠山様のお世話で、信頼できる商人からテリアカを譲ってもらってな。それが効いておる」

十郎左衛門が言うと、富貴は頭を下げた。

「テリアカのことではるんさんに怖い思いをさせたうえ、駒次郎さんは江戸での勉学をおやめになったと聞いています。みなさんに申し訳ないことをいたしました」

駒次郎は頭を振った。

「わたしはシーボルト先生に学ぶ機会を得ました。かえってよかったと思っております」

鳴滝塾の話の中で、富貴は新助が真面目に勉学したことを喜んだ。新助は江戸に着くなり、あいさつに来たそうだ。その時の様子を、

「ひとは、やはり場所を得ることが大事なのですね」

と富貴は微笑みながら話した。十郎左衛門も大きくうなずいた。

「そのことだが、シーボルト殿の評判は大変なものがある。わしも長崎屋に行きお話をうかがいたいのだが、今はさぞ来客が多かろうと思ってな」

「そうなんです。朝から晩までお客が大勢いらして、お役人も困っておられます」

るんは、新助の話題が終わってほっとした。

どなたがお見えになっている、という十郎左衛門の問いに、

「先日は、最上徳内《もがみとくない》と申される方がお見えになられ、シーボルト様はひどくお喜びでし

た」

とるんは答えた。

「ほう、最上殿が。それは珍しいことだな」

十郎左衛門は腕を組んで少し考える風だった。

最上徳内は天明五年（一七八五）に幕府の蝦夷地調査に加わったのを皮切りに蝦夷地の探検家として名を馳せていた。今年七十二になる。

シーボルトは徳内に会えたことを非常に喜んだ。

今回の江戸参府で面会を最も待ち望んでいたのが徳内だったのだ。

シーボルトは徳内からエゾ、樺太島の地図を内密に借用したほか、連日のように訪れる徳内とアイヌ語彙《ごい》の編纂《へんさん》を行っていた。

「シーボルト殿はそれほど蝦夷地に関心がおありなのか」

十郎左衛門は首をかしげた。

蝦夷地をめぐっては、かねてからロシアとの間に軋轢が生じていただけに気になるのだ。

駒次郎もシーボルトが江戸参府までの旅で熱心に行った日本の調査研究を知っているだけに、

（蝦夷地のことまで調べる必要があるのだろうか）

と思っていた。十郎左衛門はしばらく考えた後、

「シーボルト殿のところには、最上殿のほかにも蝦夷地に詳しい方が見えているのかな」

と訊いた。るんは少し考えてから、

「いまは最上様だけだと思いますが、近々、別な方がお見えになるのかもしれません」

徳内がシーボルトとの話が終わって一階に降りてきた時、ふと振り返って通詞に、

「わたしも年を取ったのでこれ以上のことは、あの男に訊いてもらったほうがよいかもしれません。シーボルト様が江戸にお出でになる間にあの男を来させましょう」

と言った。通訳されてこのことを聞いたシーボルトがひどく喜んでいたのをるんは見ていた。

「あの男——」

十郎左衛門は首をひねったが、徳内がシーボルトに引き合わせようとしている男に心当たりがあるようだった。しばらくして、るんと駒次郎の顔をゆっくりと見ながら言った。

「徳内殿が引き合わせようとしている男が、わしの知っている男なら、シーボルト殿は用心をされたほうがよい」

「なぜでございますか」

るんは思わず訊いた。

「その男は幕府の隠密だ」

十郎左衛門の声は厳しかった。

「旦那様、そのように言われては、るんさんたちが困りましょう」

珍しく富貴が言葉をはさんだ。日頃、十郎左衛門に逆らうことがないひとなのだ。十郎左衛門は苦笑して、

「そうか」

とつぶやいた。

「少し、言いすぎたかもしれぬ。気にされるな」

源右衛門と沢之助が、商館長スチュレルの伴をして長崎奉行の屋敷などをまわった。長崎屋に戻ったのは夕刻だった。

スチュレルが二階に上がると、羽織袴姿の源右衛門は大きくのびをした。

「やれやれ、きょうもくたびれたぞ」

おかつがあわてて、源右衛門の口を押さえた。

「お前さん、お役人だっておられるんだよ。くたびれたなんて言ったら申し訳ないだろ」

「なーに、そんなことはないさ。カピタンだって、あいさつまわりの間、あくびをしなすってた」

「カピタンさんは、はるばる長崎から出てこられたんだから、お疲れなのはしかたないじゃないか」

おかつの小言を背で聞きながら、源右衛門は居間に入った。

美鶴が縁側に座っているのが見えた。

「――美鶴」

声をかけようとして源右衛門はためらった。美鶴がいつものように、夢見るような表情をしていたからではない。庭を見つめて、何かにおびえている様子なのだ。源右衛門は庭を見た。庭石のうえに小さな猿が座っている。

「なんだ、あの猿は」

源右衛門が小首をかしげると、おかつも傍に寄ってきた。

「どこから来た猿なんだろうねえ」

二人の視線を感じたのか猿は源右衛門たちを振り向き、きぃーーっ、と歯を剝いて威嚇した。美鶴が震え出した。

「美鶴、どうしたんだい」

おかつがそばに寄った。美鶴は猿を指さして言った。

「あの猿は丈吉さんが亡くなったのを見ていたの」

源右衛門はぎょっとした。見れば普通の猿だが、どこか人慣れしたようなところがある。

(飼い猿かもしれない)

源右衛門は沓脱《くつぬ》ぎ石にある庭下駄を履いて庭に降りようとした。そこへ、

「長崎屋殿」

葛谷新助があわてた様子でやってきた。

「表にシーボルト様に面会したいというお武家が来ておられますが、どういたしましょうか」

新助が長崎屋に入ろうとしたところに声をかけられたのだという。

「面会なら、わしらが決めることじゃありません。お役人に言えばいいことです」

源右衛門はうるさげに言った。

「それが、なんとも異様なひとで、顔に赤い痣のようなものがあるのです」

「赤い痣？」

「どうも、わたしには不審な人物に見えるのです。うっかり役人に取り次いでよいものかどうか」

新助は疑わしげに言った。

「いったい、そのお武家は何と言われる方なんです」

「勘定奉行の普請方だそうです。御名は――」

新助は武士から渡された名刺に目をやって、

――間宮林蔵《まみやりんぞう》
と言った。

長崎屋の土間には、眉が太くいかつい顔の両頬に赤痣がある武士が立っていた。

林蔵は長崎屋の土間でひとり目を光らせてじっと立っていた。

新助は奥から出てきて、林蔵がシーボルトに招かれた面会人であることを役人に告げた。役人が面会を許可すると、林蔵は静かに二階に上がっていった。

林蔵は常陸国の農民の子として生まれたが、幼少のころより数学的な才能に秀で、江戸に出て地理学を学んだ。

寛政十一年、幕府の蝦夷地御取締御用掛の伴として初めて蝦夷地に渡り、その後、蝦夷地御用雇となった。クナシリ、エトロフの測量に従事したほか、文化五年にカラフトに渡り、カラフトが離島であることを確認した。

最上徳内がシーボルトに現在の蝦夷地探索の第一人者として紹介したのは林蔵だった。

シーボルトと林蔵の面会は二刻(約四時間)におよんだ。

林蔵が大通詞の松藤清左衛門に送られて二階から降りてきたころ、るんと駒次郎が帰ってきた。

るんは林蔵を見てはっとした。駒次郎も同様に驚いた。顔に赤痣があり、いつも猿を肩に乗せているあの怪しげな武士だった。

最初に見たのは長崎屋の前だった。かつて会津屋で番頭が殺された時にも、その姿があった。丈吉が死んだ時、出島に猿がいた。ひょっとしたら赤痣のある武士も出島にいたのかもしれない。

不吉なことが起きた時、いつも赤痣のある武士の影があった。

階段を降りた林蔵はくるりと振り向くと、オランダ流のあいさつのつもりなのか清左衛門の手を取って握手すると、大きく上下に振った。清左衛門は苦笑して、

「また、お出でなさいませ」

と応えた。

林蔵はるんを無表情に一瞥《いちべつ》したが、何も言わなかった。店の外に出た林蔵の肩に、屋根を伝って来たらしい猿が飛び降りた。

林蔵はそのまま平然と去っていった。すると二階から降りてきたシーボルトが、林蔵の背に向かってため息とともに何事かつぶやいた。その言葉を聞き取ったらしい新助が奇妙な顔をした。

るんは、新助の袖を引いて訊いた。

「シーボルト様は何とおっしゃったのですか」

「それが、日頃のシーボルト先生らしくない言葉で――」

新助は困惑した顔になった。新助が聞き取ったのは、

――狡猾《こうかつ》な古狐

という言葉だった。

「まさか、とは思うんだけど」

るんは気になっていたことを駒次郎に打ち明けた。いつものようにるんの部屋である。傍らに美鶴と沢之助もいた。

沢之助がオランダ商館の一行から砂糖菓子をもらったので、四人で茶を飲みながら食べていたのだ。

話は昨日、長崎屋に来た間宮林蔵のことだったが、

――正体のわからない男だ

と言い合うばかりだった。鷹見十郎左衛門が、林蔵のことを幕府の隠密だと言っていたことも気になっていた。

るんがふと口を開きかけたのに、

「なんでしょうか」

と駒次郎が顔を向けた。るんはためらいながら話した。

「会津屋八右衛門は腕に海蛇の刺青をしていたんです。同じ刺青が殺された番頭にもあったの。あの刺青は抜け荷仲間の目印じゃないかと思う」

「へえ、あいつら、そんな粋なことしとりましたんか。まるで吉原の遊女の入れ黒子でげ

すな」

「入れ黒子？」

「へえ、吉原では客と遊女が深い契りの証に相手の名を何様命と刺青しますのや。もとは相手と手を握り合ったところに黒子を彫ったんで、入れ黒子というんやそうどす。遊女が間夫《まぶ》の名を彫ってしもうたら、商売になりまへんさかい、今でも黒子ですますことは——」

多いと言いかけた沢之助は、美鶴にじっと見つめられているのに気づいて、尻すぼみに黙ってしまった。

るんは沢之助に構わず、

「その刺青を昨日見たの」

と言った。駒次郎が眉をひそめた。

「昨日？」

「ええ、間宮林蔵というお侍が大通詞の松藤清左衛門さんとオランダのあいさつで手を握って振ったでしょう。あの時、清左衛門さんの袖がまくれて海蛇の刺青があるのが見えたんです」

「清左衛門さんが——」

駒次郎は息を呑んだ。

「だけど、そんな刺青をしているひとは多いんじゃないの」

美鶴が疑問を口にした。

「そうかもしれない。だけど、昨日、間宮林蔵が清左衛門さんの手を握ったのは海蛇の刺青を見るためだったんじゃないかって気がするの」

るんが言うと、沢之助がぽんと膝を打った。

「清左衛門はんが抜け荷の仲間かどうかを確かめるためやったというわけでげすな」

るんは駒次郎の顔を見た。清左衛門について知っているのは駒次郎だけだ。

駒次郎は困惑した表情で考えこんでいた。

清左衛門は五十を過ぎており、温和な人柄で乙名としても人望があった。ただ、長崎は交易の場だけに、表だっての取引とは別に内密の荷の売り買いが行われることは多く、意外なひとが抜け荷に手を染めていることも珍しくなかった。

何より、丈吉が出島で不審な死を遂げた時、最後に言葉を交わしたのは清左衛門だった。

(もしや清左衛門さんが丈吉さんに三番蔵で阿片を飲むように勧めたのだろうか)

清左衛門が抜け荷の仲間だとすれば、テリアカの秘密を探っていた丈吉が目障りだったに違いない。

清左衛門は大通詞として商館の医官と話すことも多く、蘭医学の知識もあったはずだ。丈吉の腹痛が盲腸周囲炎だと察して、とっさに阿片の服用を勧めて死なせたのではないか。

駒次郎は額に汗を浮かべた。

「ひょっとして丈吉さんを死なせたのは、清左衛門さんかもしれない」

丈吉の名を聞いて、美鶴の顔が青ざめ手が震えた。沢之助が膝を乗り出して、ことさらに声をはりあげた。

「疑っていても仕方おへん。わてが探ってみます」

「沢之助さんが？」

驚いて訊き返したるんに向いて、沢之助は胸をひとつぽんと打った。

「駒次郎はんは、清左衛門はんとよう知っている間どっしゃろ、そやから、探ったりできしまへんやろ。わてがはまり役どすがな」

沢之助の言葉を聞いて、美鶴が額を押さえた。

「沢之助さん、気をつけてね。危ないことのような気がするの」

るんと駒次郎は顔を見交わした。

美鶴が不吉なことを口にした時には何かが起きる。会津屋で番頭が殺された時も、出島で丈吉が死んだ時も、美鶴は予兆を口にした。

るんは不安げに沢之助を見つめた。

三月二十五日——

シーボルトは商館長スチュレルとともに江戸城に登った。

夜が白々と明けかけた早暁に、使節一行三人は駕籠に乗って、付き添いの日本人は徒《かち》で江戸城に向かった。

常盤橋を渡り、常盤橋門を過ぎてからシーボルトたちは駕籠から降りた。

大手門の内側には番所があり、ここで不味い茶を出された。石段を上がって城内に入ると控えの間に導かれた。

控えの間に大名たちが使節一行を珍しげに見物に来たが、間もなく謁見の間に通された。広い謁見の間には、すでにカピタンからの献上の品が進物台に並べてあった。シーボルトたちは拝謁の際のあいさつの仕方などを教わり、しばらく待機した。

やがて、しいっという低い声が聞こえた。

将軍家斉のお成りを告げる小姓の合図だった。シーボルトたちは言われた通り、頭を低く下げた。待つうちに、

――オーランダのカピターン
の声が響いた。

隣に座る奉行がシーボルトの服を引いた。顔をあげると、すでに将軍の姿は無かった。シーボルトが見たのは上段の台座の金張りの彫刻だけだった。

謁見は終わったのだ。

オランダ使節の将軍謁見は毎回何ひとつ変わることがなかった。

この日、大通詞の松藤清左衛門はカピタンたちに同行せず、昼過ぎになってひとりで長崎屋を出た。沢之助がその後ろを尾行していった。清左衛門は江戸には何度か来たことがあるらしく、迷わず道をたどっていく。

途中で駕籠を拾い、着いたのは〈川庄〉という柳橋の船宿だった。

沢之助は店の前でしばらく待っていたが、別の駕籠が着き、降りた中年の武士が船宿に入っていくのを見ると、思い切って店に入った。さりげなく女中に心づけを渡して、いま入った武士と近い座敷を頼んだ。

「後から女が来ますのさ。お武家の近くなら誰も来ないで安心というものでげしょ」

沢之助の妙な言葉遣いに、女中は笑いながら二階の座敷に案内し、料理と酒の注文をとっていった。武士は隣室だという。

部屋からは大川が見えた。窓から顔をのぞかせると、隣で男二人の話し声が聞こえてきた。

沢之助は川風に顔を吹かれながら、目を閉じて男たちの声を聞き分けた。

ひとりはやはり松藤清左衛門の声である。もうひとりは中年の武士らしい。二人は運ばれてきた酒を酌み交わしつつ、ゆっくりと話を進めている。

清左衛門は武士のことを、

——橋本様

と呼んでいる。声はひそめられて話はしだいに聞きとり難くなっていった。

ただ一度、テリアカという言葉が清左衛門の声で、その後、武士がやや声を荒らげて、

「かようなことになったのも、お前たちの手抜かりゆえだ」

と言うのが聞こえただけである。

沢之助がなおも聞こうとしていると、女中が膳を持ってきて、

「まあ、そんなに窓から顔を出したら、危ないじゃありませんか」

と高い声を出した。

沢之助はあわてて座ったが、隣の話し声はぴたりと止まった。こちらの様子をうかがう気配がしたので、沢之助は作り声で言った。

「なにね、船で大事なひとが来ますのさ。今や遅しと待ちはべりけりでげす」

おかしなひとだというように、女中は笑いながらいっぱいだけ酒を注いで下がっていった。

その間、隣室の話し声は止んでいたが、女中が出て行くと、またひそひそ声が続いた。

しかし、いくら聞き耳をたてても詳しいことは聞こえなかった。

沢之助はあきらめて、ぐいと酒を飲むと手を叩いて女中を呼んだ。

「どうやら振られたようでげす。きょうのところは退散と洒落《しゃれ》やしょう」

あっさり言うと、金を払って清左衛門より先に店を出た。隣の小料理屋の角から様子をうかがっていると、店から船着き場へ下りていく清左衛門の後ろ姿が見えた。

（しもうた、二人とも舟を使うのか）

沢之助はあわてたが、武士の方は店を出てきた。駕籠を呼ぶのかと思ったが、そのまま歩き出した。

沢之助はその後をつけていく。


シーボルトは昼過ぎに将軍の御殿を離れて城内の一番奥にある〈西の丸〉に赴いた。〈西の丸〉へは広い道があり、左側には巨大な石垣、右側には大きな濠があった。橋を二度渡り、さらに高い所に出た。江戸の町と湾が見渡せた。シーボルトは眺望の素晴らしさを称えつつ〈西の丸〉に入った。

〈西の丸〉では将軍世子の謁見が行われた。

シーボルトはここで気になる男を見た。

大名らしいが、月代をきれいに剃りあげ青白い顔に尊大で無遠慮な表情を浮かべ、しかも卑屈な慇懃《いんぎん》さを示していた。非常に目立つ大きな耳をして、落ち着きのない眼差しをしている。時に笑い顔を見せると、顔の筋肉が痙攣《けいれん》したかのようにひきつった。

シーボルトは男の顔に不快なものを感じて、

「あの方はどなたです」

と通詞に無遠慮に訊いた。通詞は困ったように顔を伏せたが、

「京都所司代の松平周防守様でございます」

と口早に言った。

石見国浜田藩主の松平康任《まつだいらやすとう》だった。

康任は寺社奉行、大坂城代を経て京都所司代を務めていたが、この時期、報告のため江戸に戻っていた。

十一月には老中に登用されることになっていた。老中首座水野忠成の腹心で、忠成が隠退すれば老中首座を狙うと見られる実力者だ。

「ほう、あの方が」

シーボルトはうなずいた。

通詞はそんなシーボルトの質問をいぶかしみながら、次のあいさつまわりへ先導した。

この日、将軍、世子に続いて幕府の重臣など十三回の拝謁を行わなければならないのである。

老中や若年寄の屋敷をまわっては、ものものしい様子で茶と漆塗りの小さい皿にのせられた赤い砂糖菓子の接待を受けた。

何度もお辞儀を繰り返し、入れ替わり立ち替わり現れる大名たちにあいさつするのは退

屈なことだったが、ある屋敷では奇妙な楽しみがあった。

あいさつを終えた大名が退席すると、その場に残るように言われた。書記のビュルガーが、

「これは東インド会社の昔から伝わっていることなのです」

とささやいた。

シーボルトの目の前には障子があった。よく見ると薄い障子紙には小さな穴が開いていた。障子の向こうから、くすくすと笑う女性の声や衣装のすれる音がして、かぐわしい香りが漂ってきた。

黙って座っていると、この屋敷の家臣が来て、杖や帽子、時計、指輪、ブローチなどの装身具を渡すように言われた。

婦人たちが見るためらしい。特に商館長が持っていた剣や金の握りがついた籐のステッキはぜひ見たいとの意向のようだ。

装身具を渡して、なおも座り続けた。障子の向こうの婦人たちは使節の男たちの品定めをしているようで、時おりもれる笑い声や紙の穴からかわるがわるのぞく目の表情でそれがわかった。

長い儀礼から解放されたのは、ようやく夕刻になってのことである。

長崎屋に戻ると、ある人物からの贈物が届いていた。届けたのは、表火の番の小役人だ

った。長崎屋に詰めている同心は、届けた小役人がはっきり名のらなかった、と不満げな顔をした。

シーボルトは贈物の細長い木箱を開けて中を確かめると、

(やはり、あのことを駒次郎に話しておくべきだ)

と思った。


沢之助があとをつけた武士は、柳橋の南側にある両国橋広小路に出た。夕方近くなって、ひと通りの多い町筋を武士は達者な足で歩いた。

沢之助は見失わないようにつけていたが、小伝馬町の辻を曲がるたびに、しだいに城に近づいているのがわかった。

(城内の上屋敷に行くのか)

だとすると、どこの大名の家臣なのか探り出すのは難しそうだ。再び武士が築地塀を曲がった。急いで沢之助も後を追った。曲がった先の通りには、ひとっ子ひとりいなかった。武士を探そうと先へ行きかけると、背後から、

「どこへ行く」

と男の声がした。振り向くと、目の前に月代がのび、赤黒く日焼けして胸をはだけた着流しのやくざ者が立っていた。頬骨がはって目が細くあごのあたりに古傷があった。

「ちょっと用事で急いどります」

さりげなく男から離れようと思った時、沢之助の脇を男が駆け抜けた。右の太ももに鋭い痛みが走ると同時に、男は沢之助の口を押さえて、凄みを利かせた声で言った。

「余計な真似をするな」

沢之助は痛みに気を失いそうになりながら地面にしゃがみこんだ。男は片袖をまくりあげた。腕に青黒い紐のような彫り物があるのが見えた。

(海蛇の刺青だ)

沢之助は目を瞠った。

男は地面にうずくまった沢之助の頭を押さえると、匕首を逆手に持って、

「ガイスゥ――」

と叫んだ。

匕首を持った手がぴたりと止まった。塗笠をかぶった武士が男の腕を捕まえていた。

男は振り向きざま武士を蹴りあげた。武士はかわして腕をひねりあげた。男の体は回転して地面に叩きつけられた。

「この野郎」

男はすぐにはね起きたが、相手が武士だと知って、まずい、という顔をした。次の瞬間には背を向け、走り去った。

武士は、

「立てるか」

と声をかけ、沢之助の左脇に肩を入れた。

「申し訳ありまへん」

と言いかけた沢之助は、あっと声をあげた。

武士は間宮林蔵だった。林蔵が沢之助に肩を入れてゆるりと歩き出すと、近くの築地塀の上にいた猿が肩に飛び乗ってきた。

「あなた様は――」

沢之助があえぎながら訊くと、林蔵は無表情に言った。

「お前は長崎屋の手代だな。なぜ、あの男を船宿からつけたのだ」

「それは――」

沢之助は口ごもった。林蔵はにやりと笑った。

「大通詞の松藤清左衛門が誰と会ったのか探るつもりだったのだろう。教えてやろう。あの武士は浜田藩の勘定方、橋本三兵衛《はしもとさんべえ》だ」

「浜田藩の――」

沢之助は京生まれだけに、浜田藩と聞いてすぐにわかった。

四年前、番頭が殺された会津屋は浜田藩の商人だった。浜田藩の武士が清左衛門とどのような関わりがあるのだろうか。

「いま、お主を襲ったやくざ者も身なりは日本人だが、おそらく唐人であろう」

「不思議な言葉を口走っておりましたが」

「あれは該死《ガイスウ》と言ったのだ。くたばれという意味らしいな」

林蔵は淡々と言った。

沢之助はもっと訊いておきたいことがあったが、足の痛みで意識が薄らいできていた。林蔵に支えてもらい、額から脂汗を流しながら長崎屋の方角に歩くのがやっとだった。

長崎屋は二日続けて騒動になった。

カピタンたちが江戸城に登った日の夕刻、沢之助が足を刺されて間宮林蔵にかつぎこまれた。しかも、その夜、外出した松藤清左衛門は戻ってこなかった。

翌日の昼過ぎになって町方同心がやってきた。

同心が言うには、今朝方、大川で川魚漁をしていた漁師が川を流れている水死人を見つけて曳きあげたが、懐に長崎の通詞であることを記した手形が入っていたというのだ。すぐさま源右衛門と駒次郎、新助が現場に行った。柳橋にほど近い大川の川岸に曳きあげられ、筵《むしろ》をかぶせられていた水死人は松藤清左衛門だった。

「松藤様に間違いございません」

駒次郎は同心に答えながら、袖がまくれあがった清左衛門の腕を見て言葉を失った。新助が息を呑んで言った。

「なぜこんなむごいことを」

腕の真中あたりが細長くぐるりと、えぐり取られていた。

「これはどうした傷でございましょうか」

駒次郎が同心に訊くと、

「さて、荒縄にでもひっかかったのかもしれぬな」

と同心は答えた。清左衛門の体には他に傷痕は無く、誤って川に落ちておぼれ死んだと見られているのか腕の傷には興味がなさそうだった。新助は頭を振った。

「そんな傷じゃありません」

「そう思いますか」

駒次郎が訊くと、新助は確信を持って言った。

「わたしは、これでも蘭方医になろうとしているのですよ」

清左衛門の傷は明らかに刃物でえぐられた痕だった。

昨日の夕方、長崎屋にかつぎこまれた沢之助が、腕に海蛇の彫り物があるやくざ者に刺されたと話していた。

(やはり、あの彫り物は抜け荷仲間の証に違いない。清左衛門は仲間に殺され、証を残さ

ぬよう刃物で削ぎ落とされたのだ）

駒次郎はそう確信した。しかし、清左衛門はなぜ殺されたのか。

清左衛門の遺骸をあらためて長崎屋に戻った源右衛門は、まわりの者に当たり散らした。泊まっていた大通詞が変死したなどということは、長崎屋始まって以来の事件だった。

「いったい、どうなっているんだ。これもお前が妙なことに首をつっこむからだ」

皆の前で源右衛門の槍玉にあがったのはるんだった。

「わたしが何をしたって言うの」

「だいたい、テリアカを買いに会津屋なんぞへ行ったから、番頭が殺されているのに出くわしたんだ。丈吉さんだってテリアカから妙な因縁がついて亡くなった。そしてこんどは大通詞の清左衛門さんがおぼれ死にだ。お前が会津屋へ行ってから不吉なことばかりじゃないか」

源右衛門の怒鳴り声に、るんはうつむいた。

確かに、会津屋に行って番頭が殺されたことに行き合わせた丈吉は、テリアカが抜け荷されたことを探ろうとして死んだのかもしれない。

清左衛門も海蛇の刺青を削られたところを見ると、抜け荷仲間に殺されたのだろう。るんが富貴のためにテリアカをどうしても手に入れたいと思ったことがすべての発端なのだろうか。

るんが悄然《しょうぜん》とすると、駒次郎が言った。

「るんさんを責めないでください。これはもともと、長崎で起きていたことが原因《もと》なんですから。丈吉さんが死んだ時、わたしがもっと調べればよかったんです」

おかつが口をはさんだ。

「そうだよ、お前さん。るんだけが悪いっていう話じゃないよ」

「じゃあ、何だっていうんだ」

源右衛門が吐き捨てるように言うと、美鶴がゆらりと立ち上がりつぶやいた。

「この長崎屋よ」

美鶴は何かに憑かれたように、その場にいる者たちの顔を見まわした。

「なにを言っている」

源右衛門がうめいた。

誰もが凍りつく思いがしたのは、近ごろ美鶴の言うことが、神がかってきたからだ。

「カピタンさんたちが、この国に来るのがいけないのよ。長崎屋はカピタンさんたちを泊めるから不幸なことが起きるのよ」

美鶴の声は甲高く、物狂いしたようになった。

顔が青白くなっていた。るんは美鶴に近づくと平手で頬を張った。ぴしゃっ、と音がして、美鶴ははっと、われに返った。

わあっと泣いて、るんにとりすがった。

「大丈夫よ、大丈夫だから」

いろいろなことが起こって美鶴は怖いのだ。本当は丈吉が死んだ悲しさに耐えるだけで精いっぱいなのだ。るんは妹をそっと抱きしめた。

四

シーボルトは長崎屋に滞在する間、源右衛門やその家族たちとも親しくなっていた。後にヨーロッパに帰ってから著した『日本』の中で、シーボルトは長崎屋源右衛門とその家族についてふれている。

――われわれ若い者にとっては、この親切な家族との交際は本当に不可欠なことであった。夕べの鐘が鳴って、わが旅舎の主人が家族の婦人たちを率いて戻ってくるのを、われわれは本当にまちこがれていた。

そんなシーボルトがある日の夕方、

「わたしはあなたがたに話しておきたいことがあります」

と言って、駒次郎と長崎屋のひとびとを集めた。沢之助も痛む足を引きずってシーボルトの部屋に行った。

シーボルトは皆を椅子に座らせ、リキュールを勧めた。

「このことを駒次郎にはもっと早く話しておくべきでした。駒次郎だけでなく、道富丈吉を愛した長崎屋のみなさんにも聞いてもらいたいと思います。丈吉があなたがたともう一度会いたいと願っていたことをわたしは知っていますから」

シーボルトは椅子にゆったりと座ると、リキュールを一口飲んでから話し始めた。

「わたしは、まず、どのようにしてこの国に来たかを話さねばなりません」

わたしがこの国に来ることが決まった時、どれほどの歓喜を感じたか、あなたたちに理解してもらうのは難しいかもしれません。

わたしはドイツのヴュルツブルグ大学を卒業した後、母の住むハイディンクスフェルトという町で医院を開きました。わたしの興味は医学だけでなく動植物学、民族・地理学など様々ありました。ですから亡き父の友人に東インドの植民地付軍医の勤務を勧められると喜んで応じたのです。

五ヶ月の間、船に乗ってバタヴィアに着きました。ところが間もなくリューマチ性熱病にかかって体調を崩し、軍医として勤務することは不可能になりました。そんなおりに長崎出島の商館医となることが決まったのです。

わたしはこのことを喜びました。ナポレオン戦争の間、オランダ人の日本への航海は妨げられ、日本からの重要な情報が入らなくなってから、すでに久しかったからです。わたしに与えられた任務は、日本をあらゆる分野で調査することで、それこそわたしの学問が生かされる道でした。

一八二三年六月二十八日に新たにオランダ商館長に任命されたデ・スチュレルとともにドリー・ヘジュステルス号でバタヴィアを出発しました。

航海は快適で、魚の大群が海面下を黒々とした塊《かたまり》となって泳いでいきました。それをカモメ、アジサシ、ウミツバメなどの海鳥が追っていくのを見物しました。海面にはクラゲやナマコなどが浮かんでいました。大きなカジキが飛魚《とびうお》を追って海面に姿を現したり、巨大なクジラがわれわれの前方を横切るなど見飽《あ》きませんでした。

夕方になると、くっきりとした視界の中に赤く染まった雲が、海と空の間にアルプスの山なみのようにそびえたものです。

航海の最中、わたしは海上でしばしば出没する海蛇を観察し、そのうち二、三匹を捕えることができました。一・五フィートから二フィートの大きさの海蛇をボートから網やバケツですくい取ったのです。

海蛇は鏡のような海面に動かずに横たわり、船が近づくと、頭をもたげ、尾を動かしてゆったりと泳ぎ、時々、海中に潜っては別の所に姿を現しました。

捕らえた海蛇は酒に漬けて保存しましたが、その姿は不気味でわれわれにこの広大な海にひそむ悪意を伝えるもののようでした。

われわれが夜明けとともに、あの美しい島、台湾を見たのはバタヴィアを出航してからおよそひと月後の七月二十七日のことでした。

かつてオランダ東インド会社は、豊かな森に覆われた丘陵と山々を持つこの島で確固とした地位を築いていました。大きな港を造り、ゼーランディア要塞を構えて交易の拠点としたのです。しかし、やがてひとりの人物、

――鄭成功《ていせいこう》

がこの島に襲来しました。

鄭成功は福建省出身の明国商人と平戸の日本人女性との間に生まれたと言われています。父親は千隻の船団を率いる海賊でしたが、明に降って都督になりました。清が興ると清に降りました。

鄭成功は父とは違う道を歩みました。清には降らず、やがて父親が清によって処刑されると、頑強に抗戦しました。

その鄭成功が清との戦いを続けるため根拠地として選んだのが台湾でした。

鄭成功は二万の兵力でゼーランディア要塞を落としました。鄭成功は台湾占領後、間もなく病没しますが、鄭一族はその後も清への抵抗を続けたのです。日本に向かうわれわれが複雑な思いを抱いたのは、この島がかつてヨーロッパの勢力の拠点であったこと、さらに滅びる王朝に忠節を尽くした英雄の抵抗の地であったことを知っていたからです。

台湾を見た翌日には、われわれの船は船足を速め、島影は靄《もや》の向こうにかすんでいきました。さらに船が進むと、不思議なほど数多くの海蛇を目撃しました。

八月一日になると東南東の激しい突風が吹き始めました。暴風雨の兆しでした。四日間、暴風が続き、船は島影を頼りに進みました。

八月五日にわれわれの船の前方に難破船を発見しました。

吹き続く強風で帆柱を折られて漂流していたのです。最初は清国のジャンク船かと思いましたが、どうやら日本の船のようでした。

われわれはボートを出して日本の船の船員たちを救出しました。やがて彼らは船に上がってきましたが、彼らのうち、三分の一ほどは日本人ではなく台湾に住む漢人でした。

月代を剃った日本人の船長はわたしたちに礼儀正しくあいさつし、長崎に向かうのなら一緒に連れていってほしいと頼みました。彼は積荷のうちから謝礼を提供したい、と妥当な申し出をしました。

三十過ぎの引き締まった体つきをした目の鋭い男でした。肌の色は浅黒く、目鼻立ちのはっきりした精悍な顔をしていました。

漢人たちの中にも頭目らしい人物がいました。小男で、体にくらべて頭が不釣り合いに大きく、辮髪を結っていました。丸顔で眉が薄く、目や鼻、口なども小づくりで、表情には狡猾なものがありました。

わたしは、日本人と台湾の漢人がなぜ同じ船に乗っていたのか聞き出そうとしましたが、二人とも笑うばかりで、はっきりとは答えませんでした。

それ以上聞き出せなかったのは、われわれの船が間もなく新たな暴風雨圏に入ったからです。空は厚い雲に覆われ、冷たい北東の風が吹き始めました。

船員たちは強風に備えて帆を急いでたたもうとしましたが、すでに突風が吹き荒れていました。船は風のままに流されました。

夜に入ると嵐はさらに強烈になり、船は荒波に翻弄されて激しく揺れ、誰も甲板に立つこともできなくなりました。二、三歩離れると声も聞こえなくなり、伝声管はわけのわからない叫び声を伝えるばかりでした。

白い波頭が甲板に打ち寄せ、わずかに波と雲の相違がわかるだけでした。甲板にしがみつくように残っているのは船員の中でも豪胆な者だけで、その中に日本人の船長と漢人の頭目もいました。

船首が海中に突っ込むほど激しく揺れ、船全体が震動していた時でも甲板を離れなかったのは、これ以上耐えられないと見た時に斧で帆柱を切り倒すためでした。帆が上げられなければ漂流するしかありませんが、風によって転覆すれば助かりようがないからです。

わたしは何の役にも立たず船室にいましたが、甲板に留まれなかった者たちが次々に逃げ込んできました。船室もまた船の揺れとともに椅子や机、トランクが散乱して飛び交い危険でしたが、甲板にいる恐怖よりはましだったのでしょう。

夜中になっても風は怒号し、海はうねり続けました。船内の誰もが死を覚悟していたでしょう。わたしは寝室に行くとできるかぎりの力で体をベッドにしばりつけました。そして故国に残してきた母を思い、神に祈りを捧げてすべてを運命にゆだねました。

翌朝、わたしは一睡もしないままベッドを降り、船室から出て甲板をのぞきました。なおも風は吹き荒れていました。しかし、突風は間合いが長くなり、激しさも弱まっているように感じられました。雲間から漏れる朝の光の中、白い波頭が山のように盛り上がる様子は美しくさえあったのです。

間もなく嵐はおさまる気配がありました。ほっとして甲板を眺めると、一晩中、苦闘していた船員たちの疲れ切った顔に生気が蘇《よみがえ》っていました。ところが船員たちの表情が急にこわばりました。

まだ激しくゆれる甲板のうえをふらつきながら、ひとりの男がマストに向かって行ったのです。短めの辮髪で上半身は裸、手には斧を持っていました。

日本の船に乗っていた漢人のひとりでした。漢人はマストに近づくと斧を振り上げ、マストに一撃を加えました。

マストを切り倒すのは嵐の中、最後の手段のはずでした。ところが嵐がおさまろうとしている時になって、男は切り倒そうとしているのです。

一晩中、嵐の恐怖にさらされて錯乱していたのでしょう。しかし、マストが折れれば、船は漂流して陸地にたどりつけなくなります。

――シャーッ

漢人の頭目が叫びました。後でわれわれの船の清国人船員に訊いたところ、

――殺せ

という意味でした。斧を振り上げた男に日本人船長が飛びつき、驚くほどの素早さで男ののどを短剣でかき切りました。男はそのまま舷側から海に突き落とされましたが、のどを切られた瞬間にすでに死んでいたでしょう。

その時には不思議に風が穏やかになり始めていました。海に消えた男も、もう少しの間、錯乱しなければ死なずにすんだのです。

男をあっという間に始末した日本人船長に、漢人たちの間から歓声があがりました。日

本人船長はそれに対して手を振って応えたのですが、その腕には紐を巻いたような刺青がありました。その刺青は漢人の頭目にもあったのです。

船員たちは刺青をしている者が多く、それまで日本人船長の刺青も気になりませんでしたが、船長と漢人の頭目の二人だけがしている刺青は特別なもののように思えました。そこで、清国人船員に刺青の意味を訊いたところ、恐ろしげに、

――海蛇《ハイシェ》

と答えました。刺青は海蛇を彫ったものだということでした。しかも、この刺青をしている者は〈海蛇《ハイシェ》〉という密貿易の組織の一員だというのです。清国人船員は声をひそめて、彼らは鄭成功一族の末裔《まつえい》だ、と言いました。

台湾が清国の福建省に組みこまれると、鄭一族の一部は海に逃れ、密貿易と海賊を行うようになったということです。

清国人船員は〈海蛇《ハイシェ》〉が冷酷で必要とあれば仲間をすぐに殺してしまう、とおびえていました。

わたしは、この話を聞いてから日本人船長や漢人の頭目をいっそう興味深く観察するようになりました。彼らがただの密貿易商人なのか、それとも今も鄭成功の遺志を引き継いで清王朝の転覆を図っているのか知りたかったのです。

嵐のおかげで筆舌に尽くしがたい辛苦を味わったわれわれの船の乗組員たちの中には、

すっかりやつれはて、容貌すら変わった者もいました。

それにくらべ日本の船の者たちは困難にも平然としているようでした。この強靭さは、やはり彼らが清を滅ぼすという志を抱いているからなのでしょうか。

嵐が去った後もしばしば、にわか雨が降り、稲妻が光りましたが、翌日には天候も回復し、しだいに好天に恵まれるようになりました。

南南東からのすがすがしい風が吹き始めた夕方、われわれは日本の高地を発見しました。それは野母岬《ノモミサキ》でした。船上から陸地の豊かな緑と尾根まで耕された畑や鋭い輪郭の山並、夕日に照り映える海岸の岩壁が遠望できました。

その時になって、わたしは日本人船長に、なぜ〈海蛇《ハイシェ》〉の仲間になったのか、と訊きました。日本の国法では、いったん海外に出た者は、たとえ漂流民であろうと役人から厳しい取り調べを受けることになっていました。

日本人は長崎に入る前に海に飛び込み、泳いで陸地をめざすと聞いていました。だから、日本人船長に話を訊くとしたら、この時しかなかったのです。

日本人船長は、思いがけずあからさまに話してくれました。

彼が言うには七年前、貿易商人だった父親とともに大船で米を運んでいたが、紀州沖で嵐のため遭難し、無人島に漂着したそうです。オランダ船に発見されて助けられ、スマトラ、タイなどを三年にわたって転々とした間に〈海蛇《ハイシェ》〉の仲間になったということです。

日本の文政五年にようやくオランダ船に乗って長崎に戻りましたが、この時も役人の吟味を怖れて海中に飛び込み、岸に泳ぎ着いたそうです。

父親はそれから間もなく亡くなりましたが、彼は日本に戻った後も国禁を犯して密貿易をやってきたのです。〈海蛇《ハイシェ》〉といっても日本人の彼らには清と戦う気などはなく、密貿易で儲けることだけを考えているようでした。

彼は長崎が近づいた別れ際にわたしに忠告しました。

漢人の〈海蛇《ハイシェ》〉は鄭成功の末裔だということを誇りにしている。鄭成功がオランダ人を追い出して台湾を占領したように、〈海蛇《ハイシェ》〉は彼らの海からオランダ人を追い出したいと願っているのだと。

長崎で貿易を行っている唐人の中には〈海蛇《ハイシェ》〉も多い。オランダ人が隙を見せれば、〈海蛇《ハイシェ》〉の毒牙に狙われるだろう、と日本人船長は笑って言ったのです。

海に飛び込んで姿を消したのは日本人だけでした。漢人たちは長崎では別の顔を持っていたから、役人の目を怖れることはなかったのです。

長崎港に着いたわたしは、漢人の頭目が長崎では鄭十官という名の唐人として交易をしていると知りました。そして翌年一月、長崎の町で日本人船長を見かけました。日本人船長は会津屋八右衛門という名だと聞きました。

「会津屋八右衛門と鄭十官が〈海蛇《ハイシェ》〉だったのですか」

駒次郎がうめいた。

シーボルトは静かな目で駒次郎を見つめた。

「わたしは道富丈吉が亡くなる前、大通詞の松藤清左衛門から三番蔵の阿片を飲むように言われたのではないか、と思いました。なぜなら、わたしが長崎の町で会津屋八右衛門を見かけた時、八右衛門は清左衛門と一緒にいたからです。おそらくふたりで唐人屋敷に行くところだったのでしょう。丈吉も八右衛門を目撃したのではないかと思います」

「丈吉さんがですか？」

駒次郎が訊くと、シーボルトはうなずいた。

「そうです。丈吉は唐物掛でしたから、毎日のように唐人屋敷に出向いていました。八右衛門を見かけて密貿易の組織の存在を知ったのでしょう。だから、盲腸周囲炎の腹痛が起きた時、彼らの罠に落ちたのです。丈吉がわたしのところに来れば助かったかもしれませんが、彼はわたしがオランダ人ではないと疑っていました。彼にとって父親がオランダ人であることは誇りだったのです。わたしはその誇りを汚す者に見えていたのかもしれません」

シーボルトが話し終えると、不意に美鶴が立ち上がった。

美鶴の様子は異様だった。

白目が青く光って、瞳はシーボルトを見つめ、

すみませんでした
疑っていました
シーボルト様は
この国に
災厄をもたらすと思っていました

苦しげに咳き込んで美鶴の声はかすれ、言葉は切れ切れになりながらもかろうじて聞き取れた。少年のような甲高い声だった。

シーボルトは天井をあおいだ。

「神よ――」

低い声で言った。美鶴の顔に微笑が浮かんだ。るんが立ちあがって肩を抱くと、

「あたしが言ったんじゃないよ」

とつぶやいた美鶴の声は本来のものだった。

るんは手に力を込めて訊いた。

「じゃあ、誰なの」

「丈吉さんだよ」

美鶴の言葉を疑う者はいなかった。その場にいた誰もが、今の声は丈吉にそっくりだと思っていたからである。

シーボルトはしばらくの間、美鶴を見つめていたが、ふと駒次郎を振り向くと、

「きょう、わたしが〈海蛇《ハイシェ》〉の話をあなたや長崎屋のみなさんにしたのは、長崎があなたにとって危険だということを話すためでした。鄭十官はいまも長崎で商人として、抜け荷の一味を指図しているようです。丈吉は〈海蛇《ハイシェ》〉のことに気づいたため狙われたのだと思います。駒次郎も長崎にいてはいつ狙われるかわかりません。せっかく江戸に出てきたのですから、長崎には戻らないことです」

「わたしに江戸に残れと言われるのですか」

「そうです。そのほうがあなたのためだ、とわたしは思います。丈吉のように若くして死ぬことはありません」

「しかし、わたしは長崎でシーボルト様の研究を手伝いたいと思って参りました」

「わたしの手伝いなら江戸でもできます。今回の江戸参府で江戸のすぐれたひとたちと多く知り合えました。その方たちに貴重な資料の提供をお願いしています。駒次郎が江戸にいてくれれば、その橋渡し役をしてもらえると思うのです」

「それは――」

駒次郎は、シーボルトが江戸で最上徳内のほかにも幕府天文方の高橋作左衛門らと会ったのを知っていた。作左衛門と熱心に話し、重要な資料を求めていたことも伝え聞いていた。シーボルトの江戸滞在期間は限られているだけに、江戸に残ってこれらの人々との連絡役を務める助手は必要だろうと思われる。

駒次郎が考え込むと、

「これはシーボルト様の言わはる通りにした方がよろしいでげす。そうなれば、るんはんかて嬉しいことでげしょう」

沢之助はにやにやして言った。源右衛門がじろりとにらんだ。

「駒次郎が江戸に残ると、なんでるんが喜ぶんだ」

「はあ、それはなんででげしょう」

沢之助はとぼけたが、源右衛門から後で油をしぼられそうだと察して頭に手をやってぺろりと舌を出した。その様子を見て、るんは思わず微笑みそうになった。何より、駒次郎が江戸に残りそうだ、ということが気持を明るくしていた。

るんが口を開きかけた時、駒次郎が言った。

「江戸で知り合われた方との橋渡し役とのことですが、その中には間宮林蔵という方は入っているのでしょうか」

「できればそうしてほしいのですが、難しいかもしれません。わたしは間宮殿の話を聞きたくて江戸に来たようなものなのですが」

シーボルトは残念そうな顔をして、間宮林蔵のことは長崎奉行の高橋越前守に聞いたと話した。

林蔵のカラフト探検に深い興味を抱いたシーボルトは、最上徳内に林蔵を紹介してもらった。

林蔵はこれに応じて長崎屋に来たものの、打ちとけるまでにはいたらなかった。

「間宮殿は猜疑心が強く、用心深いことは狡猾な古狐のようです。わたしの問いをはぐらかすばかりで、まともには答えてくれませんでした。もし、駒次郎が江戸に残ってくれるのなら、間宮殿を訪ね、わたしの要望を伝えてほしいのです」

シーボルトはひたむきな表情で言い、駒次郎も緊張した面持ちになった。

五

オランダ使節一行は四月十二日、江戸を発ち、長崎への帰途についた。駒次郎が江戸に残ることになったと聞いて、新助は名残惜しそうだった。

「これで、長英殿にいじめられた時にかばってくれるひとがいなくなります」

新助が愚痴ると、駒次郎は笑った。

「長英殿も近ごろは葛谷さんに親しんでおられるではありませんか」

「とんでもない。それは表向きだけのことで、裏ではいろいろと」

新助はうらみ言を言いかけたものの、ぷっと自分で吹き出した。

「すみません、わたしはこんな所が駄目なんです」

新助は明るく笑った。

数日後、るんと美鶴は鷹見十郎左衛門の屋敷を訪ねた。

長らく寝ついていた富貴が、体調もよくなり床上げできたので、その祝いをしたいと十郎左衛門に招かれたからである。

駒次郎はシーボルトから頼まれた資料集めに奔走しており、沢之助も源右衛門の伴でオランダ使節が無事、出発したことのあいさつまわりに付き添っているため、姉妹だけで十郎左衛門を訪れたのだ。

富貴は痩せてはいるものの顔色もよくなり、表情が明るかった。

「まだ、元気になったというほどではないのだがな。起きているほうが気分がよいということらしい」

十郎左衛門は嬉しげに富貴に顔を向けた。

「これもあなた様がテリアカをお求めになってくださったからでございます」

富貴が言うと、十郎左衛門は姉妹を振り向いてあらたまった顔になった。

「長崎屋から買い求めず、すまぬことだな」

「とんでもございません」十郎左衛門は勘定奉行の遠山景晋の伝手で長崎から直にテリアカを購入できていた。

十郎左衛門が恐縮しているのを見て、富貴は微笑すると、

「お二人には快気祝いと申しては何ですが、お見舞いのお礼に用意したものがあるのですよ」

富貴の言葉に応じて女中が畳紙《たとう》を入れた乱れ箱を持ってきた。

富貴がふた重ねの畳紙を開いた。薄藍と露草色の二枚の小袖だった。光沢のある絹地に小紋が散らしてある。

小紋の柄は、六方に放射状に開いた不思議な花のような形が白く浮き出ていた。

「これは、もしや――」

小袖を手にしたるんが声をはずませた。

「気づきましたか。何年か前にお見せした雪を小紋にしてみたのです。旦那様から殿様におうかがいをたてていただいたところ、殿様もそれは面白いと仰せになられたとのことで」

富貴がうれしそうに言った。

「きれい」

美鶴は露草色の小袖をうっとりと見つめて、ため息をついた。富貴は薄藍の小袖を手に取って、るんにあてた。

「やはり、よく映りますね。よくお似合いだこと」

満足げに言う。

「このような高価なものを頂戴しては親に叱られます」

るんが困惑すると、十郎左衛門は笑った。

「なんの、嬉しいことがあったゆえすることだ。富貴の思い通りにさせてくれ」

そして、ふと思い出したように言った。

「そういえば、駒次郎は江戸に残ることになったそうな」

「さようでございます。シーボルト様の御用をされるということです」

「ほう、シーボルト殿の用をな」

「はい、シーボルト様が親しくなられた天文方の方々のお屋敷をお訪ねして、お話をうかがったり、長崎へ送る物があればお預かりしたりするそうです」

十郎左衛門はあいづちを打った。

「そうか、それでご研究も進むことであろう」

「はい、ですが――」

るんはちょっと言い淀んで下を向いた。

「どうした」

十郎左衛門が訊くと、傍らの美鶴が答えた。

「シーボルト様は間宮林蔵という方のお話を聞きたかったそうなんです。それで、駒次郎さんは頼まれて間宮様に会いに行きましたが、なかなか会ってもらえないそうで、駒次郎さんは困っているんです。だけど、あたしは、あのひとのところには行かない方がいいと思います」

美鶴は目にあの異様な光を宿している。十郎左衛門は戸惑って美鶴を見つめた。

「なぜ行かない方がいいと思うのだ」

「あのひとは不吉ですから」

美鶴は、会津屋で番頭が殺された時だけでなく、沢之助がやくざ者に刺された時、そして道富丈吉が死んだ時にも林蔵がその場に居合わせたかもしれない、と言った。

「間宮林蔵が出島にいた?」

十郎左衛門は腕を組んでしばらく考えていたが、

「以前にも言ったと思うが、間宮は隠密御用を務めている。何か知っていることがあるかもしれんだろう。わしが間宮に紹介状を書くから、一度、駒次郎殿と訪ねてはいかがか」

「わたしも一緒の方がよろしいでしょうか」

「駒次郎殿ひとりで訪ねるのであれば、わしの紹介状があろうと間宮は会うまい。長崎屋の娘御となら会ったとしても公儀への釈明になる。あの男はそれほど用心しておる」

「なぜ、そこまで用心されるのでしょうか」

「間宮は国禁を犯した男だからだ」

るんは何のことかわからず、首をかしげた。十郎左衛門は声をひそめた。

「あの男は蝦夷地からカラフトに行き、さらに海峡を渡って東韃にまで行った。海外への渡航は禁じられておるから、国禁を犯したことになる」

るんは目を瞠った。

「それでは、あの方は罪人なのですか」

「いや、カラフトの探索はお役目であったゆえ、お咎めはなかった。しかし、あの男の功績を嫉《そね》む者の中には、そのことをあげつらう者もおるようだ。それゆえ、用心深くしておるのだろう。漂流して大陸に渡り、帰ってきた者はおるが、自ら行ったのはあの男だけだ。それだけにひとに語れぬことも多いに違いない」

「そんな方がわたしと駒次郎さんに話をしてくださるでしょうか」

「あの男の心は異国のひとと親しく交わってきた者にしかわからぬだろう。オランダのカピタンと親しくしてきたそなたなら、あの男の胸の内が聞き出せるかもしれぬ」

十郎左衛門が言うと、富貴が脇から言葉を添えた。

「るんさんならおできになりますよ。だって、あなたはオランダ宿の娘なのですから」

（オランダ宿の娘——）

るんは胸の中で富貴が言った言葉を繰り返した。

幼い時からカピタンが訪れることに親しんできた。髪の色が違っても肌の色が違っても、わだかまりなく話してきた。

それが、オランダ宿の娘だ。

今までオランダ宿に生まれたことを特別に考えたことはなかったが、自分にも何かできることがあるのだろうか。


るんと駒次郎が林蔵の屋敷を訪ねたのは、十日後のことである。林蔵の屋敷は深川蛤《はまぐり》町にあった。

るんが玄関でおとないを告げると中年の女中が出てきた。十郎左衛門からの紹介状を渡すと、女中はじろじろと二人を見たあげく上にあがるように言った。

質素で寒々とするほど家財もない家だった。通されたのは廊下の先の書斎だ。なぜか片隅に甲冑が飾られた書斎に、林蔵は褐《ぬのこ》に巻き帯をしたつつましい姿でいた。

このころ林蔵は、海岸異国船掛として日本各地の海岸線を海防のため探査していた。室内には地図が散乱し、天球儀と地球儀が置いてある。

見て、丸窓が開いており、窓枠に小さな猿がちょこんと座っていた。書斎に入ってきた二人を

――きぃーっ

と歯を剝いた。林蔵はそれに構わず、地図を手早く片づけ、座る場所を作った。そして、

女中に向かって、

――ウォトカを持ってこい

と命じた。女中がしぶしぶといった態度で台所から持ってきたのは、ギヤマンの酒器と

三つの茶碗だった。

「ロシアの酒だ」

林蔵は無愛想に言って茶碗に透明なウォトカを注いだ。るんが戸惑っているのを見て、

林蔵はひと口にぐい、と飲んだ。しかたなく駒次郎もわずかに口をつけたが、むせてしま

った。

林蔵はくっと笑った。

(このひとも笑うことがあるのだ)

るんは意外な気がした。

「きょうは何用でござる」

林蔵が訊いた。駒次郎が姿勢をあらためて頭を下げた。

「シーボルト先生より、間宮様のお話をうかがうよう申しつかりました」

「さようか」

林蔵は興味なさそうに言うと、再び、ウォトカを茶碗に注いだ。今度は時間をかけてじっと茶碗を眺めている。ひどく孤独な表情だ。

「だれもが、わしの話を聞きたがるが、話したところでわかりはしない」

林蔵は口の中で言ってウォトカを飲んだ。誰が何を言おうと聞かないという頑なな気持が肩のあたりに漂っている。るんは、間宮様と呼びかけて、ひと呼吸おいてから、

「話してみなければわからないと思います」

と言った。

「そうかな」

林蔵は嘲るような顔になった。

「そうですとも」

るんは林蔵に負けていないことを見せなければと、茶碗を手にして少し飲んでみた。口の中にひどく熱いものが広がった。とたんに咳き込んで苦しくなった。

「大丈夫ですか」

駒次郎があわててるんの背中をさすった。その様子を見て苦笑した林蔵は、

「強情な娘だ」

と、るんの茶碗を取りあげた。自分の茶碗にウォトカを注ぎ、またぐいと飲んだ。

林蔵は太いため息をついて口を開いた。

「わしはかつてロシア兵に襲われたことがある」

エトロフが開島されたのは寛政十二年（一八〇〇）だった。十七か所の漁場が開かれ、南部、津軽藩がシャナに陣屋を置いていた。

ロシア船は文化四年四月、エトロフ島のナイホ沖に現れた。

ロシア兵はナイホに上陸して番屋を襲い、番人を捕虜として食料などを奪ったうえ火を放った。このことは、すぐにシャナに通報された。

シャナの南部、津軽陣屋では急報を受けてただちに鉄砲を持った兵を船で向かわせたが、すでにロシア船は退去した後だった。

しかし、ロシア船は再度、襲撃してくる可能性があった。

狙われるとすれば、日本がエトロフ島の拠点としているシャナだ。シャナには南部、津軽藩士、幕吏、医師、船頭、大工など三百人ほどの日本人がいた。

この時、わしもシャナにいた。

ナイホが襲われてから五日後の昼過ぎになって、ロシア船二隻がシャナの沖合に姿を見せた。ロシア兵たちは、やがてボート三隻を浮かべて上陸してきた。上陸するとすぐ大砲を引き上げ、さらに小銃で撃ちかけてきた。沖の軍艦からの砲声が浜に響き渡った。

風が強く吹きつける日だった。

会所では前の土手の上に板で三、四尺の矢防ぎを作り、それに南部家の昇旗、吹流しを荒縄でくくりつけていた。とても陣所と言えるような備えではなかった。函館奉行所はじめ南部、津軽藩でも応戦準備ができていなかったのだ。

わしはロシア兵が上陸する様を望遠鏡でのぞき見て、

「異国人が上陸いたしますぞ。いかがなさるおつもりか」

と周囲に怒鳴った。

日本の陣営は右往左往した。実戦経験がないことから、鉄砲を撃ちこまれても満足な反撃ができなかった。南部の陣屋の者たちは自ら火を放って逃げ、会所の建物は大砲によって砕かれる惨状だった。

会所では奉行所の役人たちが相談して退くことを決めた。

ロシア兵の襲撃があった翌日、激しい雨が降る中をシャナから五里南にあるルベツを目指して逃げるひとびとの中にわしもいた。この敗走の途中、函館奉行所の役人の一人が山中で腹を切った。わしはそのことを聞いて体が震えた。

(ロシアとの戦に負けたのだ)

と思った。ロシア兵はシャナを襲撃した後、引き揚げていったが、わしにとっては生涯忘れられない屈辱となった。

そこで、わしは汚名を晴らしたいと思い、このころ幕府が計画していた四回目のカラフト探検への参加を望んだのだ。

文化五年四月――

幕府の探検隊の一行は二手に別れ、わしは東海岸の道筋をたどり、カラフトの周囲をめぐった形で西海岸をたどった一行と出会った。

この時、探検隊は北緯五十一度五十五分のラッカという岬で海の向こうにマンゴー河口（黒竜江）を遠望してカラフトが島であることを確認した。

わしはその後もカラフト東海岸を調査し、翌年七月には再び本格的なカラフト探検を行った。前回の到達地点であるラッカ岬を越えてカラフトの北端に着いたのだ。

わしはここで、

（海を渡ろう――）

と体が震える思いで決意した。

東韃靼に渡ることは鎖国の国禁を犯すことになるが、実際に大陸に渡ることでしかカラフトが島であることを最終的に確認する方法はなかった。

カラフトにはアイヌ人のほかスメンクル人、サンタン人がいた。中には大陸に朝貢に行く者もおり、その船に乗せてもらいたい、とわしは必死に頼んだ。

わしはアイヌら地元民となじんで、魚捕り、伐採などの仕事に熱心に取り組んで信頼を得るようになっていた。

乗船の承諾を得たわしは、従者とともに長さ五尋《ひろ》、幅四尺という船に乗り込んだ。夏とはいえ湿気を含んだ風は冷たく、衣服が濡れると体が冷えた。食料は不足がちで腹痛に悩まされた。

風波が荒い海上に靄《もや》が立ちこめる中、三里半進んで、ようやく大陸の海岸にまで達した。海岸沿いに北上して、やっとのことで停泊場所を見つけた。

上陸した場所から奥地へ進み、川を下ってキチーという集落に出た。

そこで原住民の注目を浴び、たちまち取り囲まれ、家の中に引きずりこまれてフェルトの敷物に座らされた。

衣服を引っ張られ髷《まげ》をつかまれ、顔をさわられたりしたあげく魚や酒を振る舞われた。その後も進むにつれ、行き着く先の原住民の関心の的になってもてなしを受けたりしたが、目指す先の道筋は難路が続いた。

平原に出たかと思うと突然、大地の土砂を天高く巻き上げる竜巻に出会った。衣服も何もかもが引き千切られそうになったが、わしは地面にしがみついて必死に耐えた。

この土地はわしを邪魔者扱いにしている。そう感じた。

竜巻が収まった後、わしは真っ黒に埃まみれになりながら歩き続けた。どうしても目的地にたどり着きたかったのだ。

思い返せば、あの時のわしは鬼のような形相になっていただろう。

艱難辛苦の末、どうにか満州仮府があるデレンにたどり着くことができた。

デレンはマンゴー河の右岸にあり、毎年、夏の二ヶ月間のみ清国の漢人が訪れて仮府を開き、朝貢を受けつけるとともに交易を行うのだ。朝鮮の近くやロシア領域からも商人が交易のため訪れていた。

十四、五間四方を二重に丸太の柵で囲み、その中に交易所が設けられていた。番所があり、入口は一か所だけだった。

わしが訪れたころは、五、六十人の清国官人が滞在し、五、六百人の進貢者が集落を作っていた。

高級官人たちはデレンに滞在中、マンゴー河に係留した船に居住していた。船には板小屋があり、白い亜麻布と獣皮が敷かれている。

面会できた三人の官人は、漢字と女真文字の名刺をわしに与え、筆談で話をした。官人は繻子や羅紗の衣服を着ていた。籐《とう》で編まれ、金環が飾られた冠をかぶっており、見た目は長崎に来る唐人と何ら変わりはなかった。

官人は好意的で、酒や肴を馳走してくれた。話しているうちに、ロシアのことも話題になった。自分の国がロシアにより襲撃を受けていることなどを言うと、

「ロシアはそんなことまでしているのか」

と憤った。

清国もロシアに頭を悩ませているらしかった。

官人たちは最初、わしを漢人かロシア人だと思っていたようだが、漢字を書き日本人だと説明すると、ようやく納得し便宜を図る気づかいを見せた。

(満州人は大国の風がある)

と、心中でわしは感嘆した。

間もなく同行してきた者たちの交易も終わり、七月十七日に帰途についた。往く時と同様、苦難の航海の末、九月十五日にはカラフトに戻ることができた。

帰国後、わしは『北夷分界余話』『東韃地方紀行』の二書を著し、幕府に提出した。

その後も蝦夷地測量に携わっていたところ、文政四年に蝦夷地の直轄を廃止して松前藩に戻すとの幕府の決定を受けて江戸に戻ったのだ。

「わしは東韃靼まで渡ったことを後悔したことはなかったが、以来、ひとと話がしづらくなった。わしが胸を開いて話せる相手はおらんようになった。皆、わしの顔が凍傷で赤く焼けただれているのを嫌って遠ざかっていった。それゆえ、デレンの交易所で商人から買った猿をいつも身近に置いてきたのだ。猿はこの顔を嫌ったりせんからな」

そう言うと、丸窓に座った猿に顔を向けた。猿は小首をかしげたが、やがて退屈そうにあくびをした。

林蔵はまたウォトカを飲み、くくっと笑った。

「しかし、わしとお前たちは似ておるな」

「えっ、どこが似ているのですか」

るんは駒次郎と顔を見合わせた。

「長崎屋の者も異国と関わらずには生きていけぬが、かといって、そのことを他の者と語り合うわけにはいかぬ。自分の胸にしまっておかねばならぬ」

林蔵は孤独な表情をるんに向けた。

「わしは彼の地で、強風に行く手を遮られ難儀したことがある。砂礫を天高く巻き上げる竜巻のような風だった。その時、この風は日本にはない千里、万里を渡ってくる風だと感じた。そんな風の中で、わしは自分をまことに小さい塵の如きものだと思った。この思いはひとに話してもわかってはもらえぬ」

るんははっとした。

林蔵が初めて長崎屋の前に立った時、黒い入道雲のように土埃が舞い上がって、凄い風が吹き、その中を鬼のような顔でひとが歩いている幻を見たと美鶴が言ったのを思い出した。

(美鶴が見たのは、東韃靼を彷徨っていた間宮様なのだろうか。間宮様はわたしたちが知らない世界を見てきたのだ)

そう思うと、なおさら確かめたいことがあった。

るんは膝を乗り出した。

「会津屋で番頭が殺された時、店にいたのは間宮様でございますか」

林蔵は黙ってうなずいた。

「あの番頭を殺したのは誰だったのですか。それに間宮様はなぜ、あのようなところにいらしたのですか」

林蔵はじろりとるんに目を向けると、重い口を開いた。

「わしは長崎屋にカピタンが来た時、会いにくる者は誰なのかを探っておった。あの年のカピタン一行にドゥーフの息子、道富丈吉がいることは長崎奉行所から報せてきておったからな。その丈吉が会津屋に行ったので目をつけたのだ」

「どうして、丈吉さんを探ろうと」

「決まっておろう。オランダ人の息子が江戸に来て会う相手は、国禁を犯そうとしている者だからだ」

「それで、わたしたちを見張っておられたのですか」

「会津屋はお前たちが訪ねた後、あわただしく店をたたんだが、まだ何かやっておる気配があった。それであの日、空き家のはずの会津屋に忍びこんで探ったのだ。すでに番頭は倒れておったので、近寄って見ようとしたところにお前たちがやってきた」

（やはり、あの時、店の中にいた黒い影は林蔵だったのだ）

思いめぐらするんの気持に気づかぬ様子で林蔵は話し続ける。

「番頭を殺したのは会津屋だろう。わしは丈吉の頭をなぐって気を失わせ、銀貨をとったのだ。遠山様にとって、あの銀貨は命取りになりかねないものだからな」

林蔵は景晋を案じるように言った。

「では、出島にいたのはなぜなんですか」

「わしは隠密として会津屋の抜け荷を探索しておった。会津屋の身辺を洗うために出島に行ったのだが、そこで道富丈吉を見かけたので返してやろうと思った」

「カルロス銀貨を？」

「そうだ、江戸にいる丈吉にとっては危ういものだが、出島に帰ってしまえば、持っていてもおかしくはない。そこで、こいつに銀貨を持たせて丈吉のもとへ行かせた」

林蔵は丸窓に座っている猿を見た。猿はきょとんとした眼で林蔵を見返しながら、尻をかいた。

「それじゃあ、三番蔵に猿がいたのは——」

駒次郎は息を凝らした。

「まさか蔵の中で丈吉が死んでいるとは思わなかった。その後、騒ぎになったので、わしはそのまま出島を出た。長崎奉行の高橋越前守様はかつて蝦夷地御用を務められていた。蝦夷地測量以来、面識がある方なので、わしは出島では誰にも咎められずに動くことができたのだ」

「やはり丈吉さんは殺されたのですね」

駒次郎は息をつまらせて訊いた。

林蔵は何も答えず、傍らの書庫から書物を出してぽんとるんのそばに置いた。表に、

――東韃地方紀行
と書かれた書物をるんは手に取った。

「お上に提出したものと同じ物だ。それを貸してやるゆえ、筆写してシーボルトに送ってやるがいい。あの男が一番、知りたがっていることだろう」

駒次郎はるんから書物を受け取って、

「よろしいのですか」

と訊いた。林蔵は目で承諾した。疲れた表情だ。

「わしにも、自分がしたことをひとに知ってもらいたいという欲はある。だが、そのことによって迷惑は被《こうむ》りたくない。お上に知られるようなことがあれば、わしは知らぬ存ぜぬで通すから、そのつもりでおることだ」

駒次郎は書物を見ながら不安げな顔になった。

「これはお上のお咎めを受けることなのでしょうか」

「あやつは不用心過ぎる。自分が狙われていることにも気づいておらん」

「シーボルト様は狙われておられるのですか」

駒次郎は緊張した。

「シーボルトはこの国に来る途中、難破船の者たちを助けたそうだな。それが仇になったのだ。助けられた男たちは、シーボルトがこの国の何もかもを調べて記録する使命を持っているとは気づかなかった。ところが、シーボルトは江戸に出てきた。男たちは秘密をあばかれるのを怖れているからな」

林蔵の目が光った。駒次郎はおののいた。

「シーボルト様はひとの秘密を暴くつもりなどないと思います」

「当人にそのつもりはなくとも、相手にはそう見えるということがある」

林蔵はにやりと笑うと、またウォトカを飲んだ。

駒次郎は訊かずにはおれなかった。

「シーボルト様を狙う者とは誰なのでしょうか」

「知っておるであろう。会津屋八右衛門たちの一味だ」

駒次郎は思わず口にした。

――海蛇《ハイシェ》

その毒々しい名がるんの耳を撃った。

(美鶴の言う通りだった。こんな不吉なひとに会いに来るんじゃなかった)

るんは林蔵の赤痣のある顔を見ながら、体が震えた。

六月になって出島のシーボルトのもとに、るんと駒次郎からの手紙が届いた。駒次郎はオランダ語で書き、るんの手紙の訳文も添えていた。〈海蛇《ハイシェ》〉がシーボルトを狙うのではないか、との間宮林蔵の話を報せる内容だった。

手紙を読んだシーボルトは眉をひそめた。

(海蛇《ハイシェ》がわたしを狙うなどありうることだろうか。林蔵はわたしにカラフトの話をしたくないのであろう。だから、海蛇《ハイシェ》のことを持ち出したのではないか)

林蔵の言葉は疑わしいとシーボルトは思った。

シーボルトにとって、〈海蛇《ハイシェ》〉のことよりも駒次郎が林蔵の『東韃地方紀行』を手に入れたことの方が重要だった。駒次郎は『東韃地方紀行』をオランダ語に訳すと書いてきていた。

(駒次郎が訳したら、わたしに送ってくれる)

シーボルトは楽しみだった。それでも、るんの手紙に書かれていた、

——なにとぞ、なにとぞ、御身お大切にお過ごしくだされたく候

という言葉が胸に沁みた。

(わたしには大切にしなければならないものがたくさんある)

其扇であり、この国で出会ったひとびとであり、何より、この国のことを世界に示す研究成果だ、と思った。

六

駒次郎は『東韃地方紀行』の筆写とオランダ語訳に熱中した。

四ヶ月が過ぎ、八月になったころ、長崎屋の二階に籠ってオランダ語訳に取り組む駒次郎は、顔色が悪くなり、しだいに痩せて目だけをぎらぎらと光らせていた。

その様子を見た源右衛門は、おかつに言った。

「あれじゃ、そのうち参っちまうぞ。なんか精がつくものを食べさせてやれ」

「そうですねえ」

おかつは、夕餉に鯛の酒蒸し、味噌味の冷汁をかけた飯、どじょうの卵とじをつくって膳にのせた。長崎屋に滞在したカピタンたちに出して喜ばれた料理だ。

「きょうはるんが持っていっておやり」

おかつが珍しいことを言う。

「わたしが持っていくの」

るんは怪訝な顔をした。二階に籠った駒次郎の膳はいつも女中が持っていっていたからだ。

「そうだよ、駒次郎さんはいま大事な仕事をしてるんだろ。るんが持っていってあげたほうが元気が出るよ」

「何を言ってるの。変なおっ母さん」

るんはふくれ顔を見せながらも内心喜んで膳を受けとった。

膳を持っていくと、駒次郎は南蛮机にかがみこんで書き物をしていた。ランプに黄色い明りが点り、傍らに辞書の『波留麻和解』が置いてある。

るんは膳を置きながら、

「駒次郎さん、あんまり根《こん》を詰めると体に毒ですよ」

と、声をかけた。駒次郎は、書き物からふと目をあげてるんを見た。

「そうなんですけど、なんだか、自分がとても大切なことをしているような気がするんですよ」

「大切なことって？」

「鷹見様からお聞きしたんですが、いま世界の地図でわからないのは、間宮様が渡ったカラフトの海峡だけらしいんです。そこだけがわからなくって、どんな地図にものっていないんだそうですよ。だから、間宮様が海峡を渡って見たことをシーボルト様にお伝えすれば、それがオランダやいろいろな国に伝わって、世界が初めてつながるような気がするんです」

目を輝かせて言う駒次郎を、るんはまぶしく感じた。

「だけど、駒次郎さんは、いずれ長崎に帰るんでしょう」

「いえ、帰りません。江戸にいたいと思います」

「本当ですか？」

るんは気持が明るくなった。

「シーボルト様が来られたことで、江戸の蘭学は盛んになるでしょう。わたしにもできることがあるんじゃないかと思うんです。それに長崎に戻っていたあいだ、江戸に会いたいひとがいるって気がついたのです」

「会いたいひとって？」

るんは思わず声が高くなった。駒次郎は顔を赤くして口ごもり、緊張した面持ちでるんを見つめていたが、だしぬけに口を開いた。

「それで、もし――」

「もし？」

るんは期待をこめて駒次郎の顔をのぞきこんだ。

「るんさん、わたしの妻になってくださいませんか」

「駒次郎さんの――」

るんは驚いて、胸がどきどきした。そして、首筋が火照った。驚きはしたが、駒次郎がいつか、そのことを言ってくれるのではないかという気がしていた。その日をひそかに待っていたのだ、と思う。

「るんさん――」

駒次郎はこわばった顔でるんを見つめた。

るんは、こくりとうなずいたが、二人きりで部屋にいることが急に恥ずかしくなった。あわてて出て行こうとしたるんの手を、急いで立ちあがった駒次郎が握った。

駒次郎は、るんを胸に抱き寄せてささやいた。

――ik《イク》 hou《ホウ》 van《ヴァン》 jou《ヨウ》
オランダ語で「あなたを愛している」という意味だった。

思いがけず強い力で抱きしめられて、意味はわからないが駒次郎の言った言葉をるんは胸の中で繰り返した。

(イク　ホウ　ヴァン　ヨウ)

それが大切な言葉だ、となぜかわかった。

同じ夜、美鶴は琴の稽古からの帰りが遅くなって、沢之助の迎えを待って帰途についた。琴の師匠は日本橋を渡って右側の川岸、本船町に住んでいた。市川白砂《いちかわはくしゃ》という目の不自由な女師匠だ。

美鶴は筋がいいと褒められており、修業すれば琴の師匠として独り立ちできるのではないか、とも言われていた。

沢之助は提灯を持って美鶴の足下を照らしていた。月は明るかったが、美鶴は近眼《ちかめ》で夜になると、物が見にくい。

「沢之助さん、ごめんなさい。遅くなってしまって」

美鶴がすまなそうに頭を下げた。

「なんでもおへんがな。白砂師匠は美鶴はんがお気に入りやさかい、つい稽古に時がかかってしまいますのやろ」

「うまくなったとは言ってくださるんだけど」

「褒められて、気になることがおますのか」

ええ、と美鶴はうなずいて少し黙った。そして、

「あたしね、丈吉さんが亡くなった後、時々、変なことを言っていたでしょう」

「どんなことどしたやろか」

「丈吉さんの姿が見えるって」

「ああ、そうどした。なんや、ちょっと怖うおした」

沢之助は笑った。

「いまは、あまり見えないの」

「ほう、そうどすか」

「だけど、琴を弾いていると、時々、丈吉さんの姿が浮かんでくる。あたしに何か言いたそうな顔をして」

「丈吉はん、何を言いたいんやろなあ」

「わからない。だけど、時々、思うの。もっと琴が上手になったら、丈吉さんが何を言っているのかわかるかもしれないって」

「そうかもしれまへんな。そやけど、わては美鶴はんに丈吉はんの言葉を聞いてもらいとうは思いまへんな」

沢之助は悲しげな顔をした。

「どうして」

「丈吉はんは、もう死んではります。丈吉はんの声が聞こえるいうことは、美鶴はんがおらんようになってしまうかもしれんやおへんか」

「あたしがいなくなる？」

「そんな気がしますのや。わては美鶴はんにずっといてほしいんどす。そやから吉原通いもやめたんどす。あほな遊びをやめて、美鶴はんがわてのことを見てくれはるのをじっと待ってますのや」

「沢之助さん――」

「そやさかい、丈吉はんの声が聞こえそうになったら、耳をふさいどくれやす。丈吉はんには悪うおますけど、わてはそうしてほしいんどす。美鶴はんの行く先は、わてがこないして照らし続けます」

沢之助は、美鶴の足下を提灯で照らしながら歩き続けた。

月が冴え冴えと輝いていた。


三日後、長崎屋をひさしぶりに妙心尼が訪れた。

「おかほちゃん、よく来てくれたね」

おかつは喜んで妙心尼を奥にあげた。

「気にかかることがあるんだね」

奥座敷に座った妙心尼は女中が持ってきた茶を飲みながら微笑んだ。

「そうなんだよ」

おかつは声をひそめて、あたりをうかがった。源右衛門はこの日、外出している。おかつにとって都合がよかったのだが、それでも耳ざとい女中たちに聞かれたくはなかった。

「娘さんのことだろう」

妙心尼は茶碗を置きながら、さりげなく言った。

「よくわかるね、おかほちゃん」

「そりゃあね、この家で気がかりなのは娘さんのことだけだからね」

「やっぱり、そう思うんだね」

おかつはのぞきこむように妙心尼の顔を見た。

近ごろおかつは、るんと駒次郎、美鶴と沢之助の仲が深くなりそうだ、と母親の直感で察していた。そのことを源右衛門に話す前に、良縁なのかどうかを妙心尼に占ってもらいたかったのだ。

おかつがそう言うと、妙心尼はため息をついた。

「良縁とは言えないね。きっと悲しいことが起きるよ」

「良縁じゃないのかい」

おかつはがっかりした。

「そうだよ、だけどしかたがないのさ。良縁なんて、端っからないのさ。この世の災いは娘の恋がもたらすんだよ。恋が本物なら災いも本物になる」

「まさか、そんな——」

おかつが驚くと、妙心尼は頭を振った。

「おかつちゃんだって、わかってるはずだよ。若いころ誰かを好きになった時、何かが起きなかったかい。この世の異変や人殺しや何かが」

「そんなの女のせいじゃないだろ」

「女のせいなんだよ。女が嘆いたり怒ったり悲しんだりすると、世の中に何かが起きる。一番ひどいのは妬みや恨みだね」

「男にひどい目にあわされた女は数多いけど、そんな目にあわせた男はのうのうとしていたりするじゃないか」

「相手の男はね。だけど、別なひとがひどい目にあうのさ」

「理不尽じゃないの」

「女の想いは理不尽なんだよ。相手の男も自分もかわいいのさ。だから、思いがめぐって、この世に災厄をもたらす」

妙心尼は静かに言った。

「それじゃ、まさか、おかほちゃんの家族が火事で死んだのもそのせいだって言うのかい」

おかつは恐る恐る訊いた。妙心尼はうなずいた。

「あのころ、わたしには変な力があるからって、世間から冷たい目で見られるようになっていた。そのことがつらくて、口惜しくて世間を憎んだ。そうしたら、火事が起きた」

「だから、それは、おかほちゃんの思いこみじゃないのかい」

「そうじゃないってことが、わたしにはわかるんだよ。もちろん、女がみんなそうだというわけじゃない。力の強い女もいれば弱い女もいる。だけど、わたしは違った。自分でもどうしようもないものを持ってしまった。そんな女は恋をしちゃあいけない。わたしが尼になって何を修行してるって思う。悲しまないこと、ひとを愛さないことさ」

妙心尼はさびしげに笑った。

おかつは妙心尼に同情を覚えた。どれほどの苦しみを妙心尼は抱えて生きてきたのだろうか。自分でもどうしようもない力を持ってしまうのは何と生き難いことだろう。そう感じて美鶴のことが気になってきた。

「そう言えば、美鶴には昔から変な力があるんだよ。今でも、死んだ丈吉さんが見えるって言うし」

妙心尼はゆっくりとおかつの顔を見た。

「美鶴ちゃんじゃないよ」

「何だって？」

「あの子はやさしくて、ひとの気持がわかるだけだよ。生きている者も死んでいる者のもね。この家に時々、わたしが来るのはるんちゃんに会ったからだよ」

おかつはぎょっとした。

「るんにそんな力があるって言うの？」

「会津屋とかいう店で番頭が殺された時、死人を見つけたのはるんちゃんじゃなかったかい。丈吉っていうひとが江戸に来たのは、るんちゃんが書いた手紙を見て呼び寄せられたんじゃないのかい」

「そんな、信じられないよ」

「わたしも、そうじゃないといいと思っているよ。だけどね――」

妙心尼はそれ以上言わず、庭に視線を移した。その時、おかつの頭の中に声がした。

わたしにはわかるんだよ

「おかほちゃん」

おかつは額にじっとり汗を浮かべて、恨めしげに妙心尼を見た。妙心尼に娘の恋のことなど訊かなければと激しく後悔しながら。

源右衛門はこの日、幕府の天文方で書物奉行高橋作左衛門景保の屋敷に呼び出されていた。作左衛門の屋敷は浅草の幕府天文台脇にあった。

幕府天文台は本来、暦を作る役所で正式名は〈頒暦所御用屋敷〉というが、一般には〈司天台〉、〈浅草天文台〉などと呼ばれていた。屋敷内には高さ九メートル余りの築山の上に五・五メートル四方の天文台が築かれている。

作左衛門の父で、やはり天文方だった高橋至時《よしとき》は、この天文台での観測をもとに〈寛政暦〉を作成したのである。

文化八年から天文方内に外国語の翻訳を行う〈蛮書和解御用〉が設けられており、駒次郎も以前、江戸で勉学していたころはそこで翻訳の手伝いをしていた。

作左衛門は青白く痩せて神経質そうな顔つきをしている。今年、四十三歳になる。

執務室で源右衛門に会った作左衛門はあいさつもそこそこに、いきなり、

「長崎屋、頼みがある」

と言った。

「何でございましょうか」

作左衛門はこの春、オランダのカピタンが参府した時、何度も長崎屋に足を運んでシーボルトと会っていた。

源右衛門もかねてから作左衛門を知っているが、頼み事をされるのは初めてだった。

作左衛門は書庫から細長い桐の箱を持ってきた。

「そなたのところにおるオランダ通詞の沢駒次郎は、間宮林蔵の『東韃地方紀行』をオラ

ンダ語に訳してシーボルト殿に送るそうだが、まことか」

「さようですが、高橋様はよくご存知でございます」

作左衛門は笑みを浮かべた。

「ふむ、間宮とは昔から関わりがあるゆえな」

作左衛門は世界地図の作成を幕府から命じられていた。

この時、作左衛門が当惑したのがカラフト北部の地理がわからないということだった。

そのカラフトを踏査したのが林蔵なのである。

源右衛門は、作左衛門と林蔵の間柄はよくないと噂されているのを耳にしていた。

作左衛門は桐の箱を前に押しやった。

「駒次郎が『東韃地方紀行』をシーボルト殿に送る時、これも送ってもらいたい」

「これは、何でございましょうか」

「蝦夷図だ」

「蝦夷図？」

「シーボルト殿にいただいたものがある。その返礼だ」

作左衛門は言葉少なに言ったが、緊張しているらしく額に青筋《あおすじ》が浮いていた。

源右衛門は作左衛門のこわばった顔を見て何も言えなかったが、シーボルトがクルーゼンシュテルンの『世界周航記』全四巻を持っていたことを思い出した。

クルーゼンシュテルンはロシア海軍の提督でアレクサンドル一世の命で、ロシアで最初の世界周航を行った。

この航海で日本海を通っており、『世界周航記』の中にはカラフトの探航図も含まれていた。これは作左衛門の『日本辺界略図』ではあいまいだったカラフトの東岸北部と西岸北部を補完するものだった。

作左衛門にとって、自分が作った地図を完璧なものにする垂涎《すいぜん》の本だったのだ。

(高橋様はあの本と引き換えに蝦夷図を渡す約束をされたに違いない。この中には日本地図が入っているのではないだろうか)

シーボルトにとってもカラフトが島であることを示した地図はぜひにも欲しいものだったろう。しかし、それだけではないような気がした。

(研究に貪欲なシーボルト様が蝦夷図だけで我慢するだろうか)

源右衛門は桐の箱を見ながら、恐ろしい想像をめぐらした。

文政四年、伊能忠敬の『大日本沿海輿地全図』が完成している。日本全国を踏査した伊能忠敬は、その三年前に没しており仕上げを行ったのは作左衛門である。

そんな源右衛門の視線を感じたのか、作左衛門は思いがけない話をした。

「御殿医の土生玄碩《はぶげんせき》殿の話を聞いたか」

「土生様でございますか？」

「土生殿も熱心に長崎屋に通ってシーボルト殿に会われていたそうな」

「さようでございます。なんでも眼病に効く薬をシーボルト様から分けていただいたそうで」

「そうだ、瞳孔を広げる薬で、ベラドンナというらしい。ベラドンナとはオランダ語で美しい女という意味だということだ」

作左衛門は自分の目を指さして言った。

源右衛門があいまいにうなずくと、作左衛門は膝を乗り出した。

「玄碩殿はな、この薬を手に入れるため、葵《あおい》の御紋の紋服をシーボルト殿に献じたそうな」

「まさか、そのようなことを」

源右衛門はとんでもないことだと腰が抜けそうになった。

葵の紋服は御殿医として拝領したものに違いない。それをひとに譲っただけでも問題だが、異国人に渡したとあっては、公になればお咎めを受けることになるだろう。

「信じられぬことだが、そのような噂がある。しかし、真だとすれば、土生殿は私利私欲でそのようなことをされたのではあるまい。医術をより良いものにするため、おのれを犠牲にしても、と思われたのだ。そのようなお気持は必ずや天に通じると思わぬか」

そう言われても源右衛門には答えようがなかった。

作左衛門も世界地図の完成という目的のために、お咎めを受けるかもしれないことをしようとしているのだろうか。

（高橋様はお覚悟のうえだからいいだろうが、巻き込まれたまわりの者は、とんだ迷惑を受けることになる）

源右衛門は息詰まる思いで桐の箱を見つめた。

第三部

一

青い目の赤子が産声をあげた。

シーボルトと丸山の遊郭引田屋のお抱え遊女其扇の間に娘イネが生まれたのは、江戸参府から一年後、文政十年五月五日のことだった。

シーボルトは娘が生まれたことをひどく喜んだ。はるばる海を越えてきた日本で、美しい女性との間に子供が生まれたことは神の恩寵のように思えた。

銅座跡にある其扇の実家で、眠っているイネの桜色をした頰をそっと指の先でつくと、不思議なほど幸福な思いが胸に満ちた。

六月になって、さらに喜びが続いた。高橋作左衛門に依頼していた日本地図が届いたのである。すでに『東韃地方紀行』と蝦夷図は届いていた。

これに日本地図が加わったことは、シーボルトにとって満足すべきことだった。

（それに、あの図がある。わたしの日本での調査は完璧なものになった）

江戸で得たもう一枚の図をシーボルトは思い浮かべた。帰国は来年秋に迫っている。それまでに日本で収集した資料を整理しておかねばならない。特に地図にはローマ字で地名などを記しておく必要がある。

しかし、問題は誰にやらせるかだった。日本地図などは国家機密であるだけに、門人の中でも信用が置けて能力のある者でなければならなかった。学力では随一の高野長英に任せるしかないだろう。

それでも、問題なのはあの図だった。日本地図の整理は学問上のこととして、門人の理解を得られるはずだ。しかしあの図に関しては無理だ。学問ではなく政治的機密だからだ。

（頼むとしたら、あの男しかいない）

シーボルトが思い浮かべたのは、葛谷新助だった。江戸参府のおり、各地の温度と経緯度を測定しているのを幕府の目付に不審に思われた際、新助は、

「カピタンが旅程を時間通りに進めるため、毎日、正午に天文の器械を使って時計を合わせるように命じたからです」

と言い逃れた。

（あの弁舌と機転があれば――）

新助にとっては、予想外な成り行きだった。ある日、出島のシーボルトの書斎で、

「あなたには、これの整理を手伝ってもらいたい」

と言いつけられた。すでに長英がシーボルトから日本地図の整理をするよう言われていることは知っていた。

シーボルトの日本での調査研究の集大成である。手伝うのは門人の中でも選りすぐりの者になると予想される中、長英が呼ばれ、自分に声がかからなかったことは新助を落胆させていた。

それだけに、声がかかって勇んできたのだが、示されたのは意外な仕事だった。

(これは、学問ではない)

そう思うと同時に、幕府のお咎めを受けるのではないか、と身がすくんだ。

「先生、これは――」

新助が問いかけると、シーボルトは厳しい目をして言った。

「黙って、わたしの命じたことをやりなさい。あなたは嘘をつくのがうまい。もし、まずいことになっても、そのことが役立つでしょう」

シーボルトの言葉は新助にとって、衝撃だった。

(わたしは先生からそんな風に思われていたのか)

交渉の巧みさだけを評価されたのが口惜しかった。これでは門人とは呼べない。ただの

使い走りではないか。自分こそ日本地図の整理をする適任者だと言いたい気持を伝えられないまま、整理作業を行うことになった。それからは、毎日のように出島のシーボルトの家に通ったが、心楽しめない日々だった。

ある日、別の部屋で作業をしていた長英と帰りが一緒になった。

二人は言葉を交わさず出島の橋を渡った。潮風が強く顔に吹きつけた。橋を渡り終えて、不意に長英が声をひそめて言った。

「おい、お前は先生に何をやらされているんだ」

「何をって、高野さんと同じようなことですよ」

「そうじゃないだろう。顔色が悪いし、元気がないぞ」

「それは高野さんも同じでしょう」

新助が返すと、長英は苦い顔をした。立ち止まって港を眺めながら、

「わしは近ごろ、先生という方がよくわからなくなってきた」

「高野さんらしくないことを言いますね」

「いや、本当なのだ。蘭方医としては先生から学ぶことばかりだった。しかし、先生がいまされていることは、この国のためになることなのだろうか」

「国のためにならないと言われるのですか」

長英がシーボルトに対する疑念を率直に口にしたことが新助を驚かせた。

「そうではないか。先生はこの国の何もかもを調べられた。その成果を知るのは、この国のひとびとではない。西洋のひとびとだ。その中にはわが国として、知られたくないこともあるだろう」

「それは——」

多分、長英は日本地図のことを言っているのだろう。しかし、日本地図以上に日本が外国に知られたくないものがある。それこそ、新助が整理しているものだった。

長英は新助に鋭い目を向けた。

「先生が帰国されるまで、一年ある。その間にこれがお上に露顕せずにすむと思うか」

「わかりません」

新助は頭を振った。考えたくもないことだった。もし、そうなったらと想像するだけで脂汗が出てくる。長英は新助の顔をじっと見つめて、

「わしはこの仕事が終わったら、鳴滝塾を出るぞ」

と言った。新助は目を見開いた。

「鳴滝塾を出てどうされるのですか」

「もはや、学ぶべきことは学んだ。後はどうにでもなる。それよりも、ここにおっては危ない」

新助はうつむいた。長英のように、あっさりと鳴滝塾を出る気にはなれなかった。

「お前も出たらどうだ」

「それは……」

新助はとても無理だと言うように、首を振った。すると、長英はにやりと笑った。

「わしは、お前が嫌いだ。お前の弁口達者、生意気なところ、学問熱心、そして何より自分のことで精いっぱいなところが、わしとそっくりだ。塾に同じ人間はふたりいらぬと思って追い出そうとしたが、しぶといところもそっくりで、お前は頑張り抜いた。しかし、どうやらひとつだけ違うところがあったようだな」

「違うところとは何ですか」

「お前は馬鹿だ」

長英は吐き捨てるように言うと、背を向けて去っていった。

長英は言葉通りにする男だ、鳴滝塾を去る日は遠くないだろう、と新助は思った。長英の考えが正しいことはわかっている。

身の危険を避けるべきなのだ。しかし、その踏ん切りがつかなかった。

新助は故郷に残してきた女と娘のことを考えた。

赤ん坊の時に顔を見たきりの娘は、すでに六歳になっているはずだ。そのことを思うと、逃げ出す気にはなれない。

(わたしは、子供ができて故郷から逃げた。また、逃げたら同じことになる)

もう一度逃げたら、逃げ続けなければならなくなるのではないか、と怯えにも似た気持に襲われた。

決して、強い意志からではなかった。

出島の上空を鷗が不吉な鳴き声をあげながら飛び交っていた。

新助は、嵐におびえる小動物のように身がすくんでいた。


この日、シーボルトは其扇の実家に行っていた。間もなく其扇は、イネとともに出島に来てシーボルトと暮らすことになっていた。

其扇は乳の出が悪いことから、乳母を雇わねばならないという話になった。シーボルトはそんな暮らしの細々とした話をするのを楽しんだ。しかし、そんな最中にも、来年には帰国することになるのだ、という思いが胸に去来していた。

シーボルトの家族への愛情は日に日に募っていた。

其扇やイネと別れなければならない。そう思うと、胸がふさがった。

そんな時、死んだ道富丈吉のことを思い出した。

丈吉は父親がオランダ人でありながら、長崎のひとびとに支えられて明るく生きることができた。なにより、父親のドゥーフが商館長として、ひとびとに信頼され、尊敬されていたからだ。

シーボルトもまた鳴滝塾の門人たちはじめ、多くのひとから信頼と尊敬を寄せられている。自分が去っても、まわりのひとたちはイネを愛してくれるはずだ。

――しかし、はたしてそうだろうか

時おり、不安が湧いた。

日本での調査研究成果をヨーロッパに持ち帰れば、称賛と輝かしい成功が待ち構えているはずだった。

それだけに日本のひとびとはシーボルトから裏切られたという思いを抱きはしないか。

そう思う度、シーボルトは胸の中で打ち消した。

(ヨーロッパに日本を紹介し、理解を深めてもらうことは、いずれこの国のひとたちのためになることなのだ)

自分は日本を愛している。其扇とイネを愛しているように。

二

――文政十一年二月五日。

この日暮六ッ(午後六時頃)、神田多町の湯屋から出た火は、本銀町、本町、本石町、駿河町、室町まで延焼した。

長崎屋もあやうく類焼しそうになったが、近くまで火がおよんだものの、突然、風向きが変わり、炎を免れた。

それでも近隣はすべて火災にあい、翌日は無残な黒い焼け跡がつらなった。

長崎屋では総出で火災にあったひとびとのための炊き出しや、火事見舞いにあたった。

るんと美鶴もおかつの指示で握り飯を作っては焼け跡で呆然としている女子供のところに運んだ。

家を失っただけでなく家族を亡くしたひとびとは、泣くことさえ忘れたような虚ろな表情をしていた。

炊き出しを手伝っていた駒次郎は、焼け跡の惨状を見て、

「江戸の火事は怖いと聞いていたけど、これほどとは」

と嘆いた。沢之助も、

「火事と喧嘩は江戸の花なんていうのは嘘どすな。嫌なものや」

と顔をしかめた。四人が長崎屋に戻ってくると、帳場でおかつが沈痛な表情をしている。

「どうしたの、そんな青い顔をして」

るんが訊くと、

「焼け跡でおかほちゃんを見なかったかい」

とおかつが訊き返した。るんは頭を振った。

「妙心尼様は見なかったけど、気になることでもあるの」

「なんだか、おかしな噂が広がっているのを小僧が聞き込んできたんだよ」

「噂って？」

「きのうの火事の時、燃えている家のすぐそばにおかほちゃんがいて、お経をあげていたっていうのさ。なんだか、気味が悪いって噂になっているみたいなんだよ。中にはおかほちゃんが、もっと燃えろってお祈りしていたんだろう、と言うひとや、火をつけたのはおかほちゃんじゃないかって言うひとまでいるらしくてさ」

「妙心尼様はご自分も火事で家族を亡くしているから、なんとか火が鎮まるようにお祈りしていたんだと思うけど」

「わたしもそう思うよ。でもね、火事で家を無くしたひとは殺気だっているから、燃えなかった家の者がとやかく言えないんだよ。だから、おかほちゃんに何か起こったんじゃないかって心配でね」

「わたし、妙心尼様のところに様子を見に行ってこようか」

「お前がかい」

おかつは迷ったが、駒次郎がわたしも一緒に行きますから、と言うとほっとしたようにうなずいた。

「それじゃあ、見にいっておくれ。それで、お寺に居づらいようだったら、いつでもうちに来るように伝えておくれよ」

るんと駒次郎はその日の午後、深川に出かけた。

このころ妙心尼は深川の尼寺にいた。門をくぐると、妙心尼が庭を箒で掃いているのが見えた。妙心尼は二人を見て微笑した。

「どうしたんだい。二人そろって」

「きのうの火事で妙な噂が出ているって、おっ母さんが心配して」

「わかってる。わたしが火つけだっていうんだろう。満更《まんざら》はずれてるわけじゃないよ」

妙心尼は笑った。

「まさか、そんな」

「わたしには火事が起きるとわかっていたんだよ。だけど、それを止められなかった」

「どうしてわかったんですか」

「二、三日前、あのあたりで、小さな女の子が通りがかったお旗本の馬に蹴られて死んだのさ。お旗本は、女の子が馬に蹴られて動けなくなっているのをほったらかして行ってしまい、詫《わ》びようともしなかったそうだよ。女の子は自分が死んだこともわからないままで魂は浮かばれやしないよ。親は嘆き通しだ。そんな時に火事が起きるんだよ」

妙心尼は悲しげに言った。

「それじゃあ、きのうの火事は死んだ女の子の霊が起こしたと言われるんですか」

るんは恐ろしくなった。妙心尼は答えず黙って空を見上げた。弥生の空は、きのうの火事が嘘のようにのどかに晴れ渡っていた。

四月に入って、長崎屋でるんと駒次郎の祝言が行われることになった。

この日、源右衛門は朝から落ち着かなかった。

紋付羽織、袴に着替えると、忙しなく家の中をうろついては、祝言の宴席について細々とあれこれ言ってまわった。

もっとも、女中も男衆も大事なことはすでにおかつから言いつけられているので、源右衛門に何を言われようと右から左へと聞き流すだけだった。

ばたばたと動きまわった源右衛門が帳場に座ると、見越したようにおかつが茶を持ってきた。おかつもすでに着替えと化粧をすませている。

「落ち着いてくださいよ。皆さまお出でになるのは八ツからですよ」

「そうは言ってもな。るんの祝言は長崎屋の跡取りのお披露目でもあるんだからな」

るんが駒次郎と夫婦になりたいと言い出してから、源右衛門が一番渋ったのがこのことだった。

るんの婿になるということは、いずれ長崎屋の主人になるということだ。しかし、オランダ語を学ぶことばかりに熱中している駒次郎に商売ができるのだろうか、と源右衛門は

案じたのだ。それを、

「大丈夫ですよ。いざとなれば沢之助さんがいるじゃないですか」

と言って説得したのが、おかつだった。京の阿蘭陀宿海老屋から見習いに来ていた沢之助は、いっこうに京に戻ろうとはしない。

いざとなれば沢之助を美鶴と添わせて長崎屋の商売を任せ、駒次郎にはカピタンとのあいさつ、お城に登る時の付き添いだけをさせればいいというのが、おかつの考えだった。

「駒次郎さんは蘭学者として、それなりに名をあげそうだし、そのことは長崎屋の商売にとって、悪いことじゃありませんよ」

と、おかつに言われて、源右衛門も渋々、駒次郎の婿入りを認めたのだ。

「それにしても、るんの支度はもうできたのか」

「もうできてると思いますけれど」

そうか、とうなずいた源右衛門が見にいくかどうか迷っている時、小僧が表から入ってきて、

「旦那様、お客様がお見えなんですが」

と告げた。

「なんだい、きょうは祝言で店は閉めております、となぜ言わない」

源右衛門は叱りつけたが、すでに土間に武士が立っているのを見て、口をつぐんだ。武

士は肩に猿を乗せている。

「これはこれは、間宮様」

源右衛門はあわてて板敷に行くと、頭を下げた。林蔵は手に小さな包みを持っている。

「きょうは祝言だそうだな」

林蔵は落ち着いた声で言った。

「さようでございます。どうぞ、おあがりくださいませ」

「悪いがきょうは祝いに来たのではない。駒次郎殿とるん殿にいささか言っておかねばならぬことができたのでな」

「二人にでございますか」

源右衛門が驚いて訊くと、林蔵はうなずいた。

この時、るんは部屋で女中たちに花嫁衣装を着付けてもらっていた。祝言だと思うと、さすがに緊張して、なんだかいつもの自分ではないような気がしていた。傍らで手伝っていた美鶴が、

「やっぱり、雪華模様にしてよかったね」

と言った。打掛は銀糸で雪華模様が刺繡されていた。

雪華模様は、かつてるんが鷹見十郎左衛門の屋敷で富貴からもらった小袖の模様である。

それを白地に銀糸の刺繍で仕立ててみると雪の精のような衣装になった。

色が白いるんによく似合い、着付けを手伝う女中たちも、思わずため息をついて見とれた。そこに、おかつが来て、

「店に間宮様がお見えで、るんと駒次郎さんに話があると言っておいでなんだけど」

とうかぬ顔で言った。めでたい祝言の日に思いがけない客が来たことが縁起でもない、と思っているようだ。

るんが花嫁姿で店に行くと、羽織袴の駒次郎もいた。林蔵は土間に立ったままあがろうとはせず、板敷に包みを置いて、

「せっかくの祝言に、とんだ引き出物を持ってきた」

とつぶやくように言った。るんは駒次郎と訝《いぶか》しげに顔を見合わせて板敷に座った。

「これは何でございましょうか」

駒次郎が訊くと、林蔵は薄く笑った。

「わしも中身は知らぬ。天文方の高橋様より、今朝方、わしの屋敷に届けられたものだ。シーボルトからの礼物らしい。異国の者より物をもらうわけにはいかぬゆえ、このまま勘定奉行様にお届けするつもりだ」

駒次郎ははっとした。

シーボルトは『東韃地方紀行』への感謝として礼の品を送ってきたのだろう。林蔵は、

このことを幕府に知られるのを恐れているのだろうか。

るんは板敷に手をつかえて言った。

「シーボルト様は、駒次郎さんが間宮様の『東韃地方紀行』を訳した物をお送りしたので、御礼の品を送ってこられたのだと思います。お受け取りになっていただけないでしょうか」

林蔵はるんの顔を見つめて、ゆっくりと首を横に振った。

「できぬな。なぜなら、この品が高橋様を通じて、わしのところに来たからだ。どうやら、わしの『東韃地方紀行』は高橋様からシーボルトに渡ったということになっているようだ」

源右衛門があわてて膝を乗り出した。

「そ、それは、わたしが高橋様から頼まれまして、『東韃地方紀行』とともに、お預かりした地図をシーボルト様に届けるよう駒次郎に頼んだからでございます」

「地図だと?」

林蔵の目が鋭くなった。

「高橋様は蝦夷地図だとおっしゃっておられました」

「蝦夷地図だけではなかろう。高橋様はシーボルトが持っておったクルーゼンシュテルンの『世界周航記』を欲しがっておられた。引き換えにするとしたら伊能先生の『大日本沿海輿地全図』しかあるまい」

林蔵は断言した。

「そうかもしれません」

「そうか、高橋様も思い切ったことをされたものだな」

林蔵が厳しい顔で言うと、源右衛門は額に汗を浮かべた。

「どういうことでございましょうか」

「わしは隠密として、かねてからシーボルトの動きを探ってきた。シーボルトが日本地図を手に入れたとわかれば、訴えねばならぬ。ところが、わしもシーボルトに『東韃地方紀行』を送ったとなれば、同罪だから訴えることができぬと思われたのだろう。この品は、言わばシーボルトからわしへの賄賂《わいろ》ということになる」

駒次郎は青ざめた。

「高橋様はどうして、そのようなことを」

「すでに高橋様は目をつけられておる」

源右衛門は不安になって訊いた。

「お咎めがあるのでしょうか」

「高橋様だけですめばよいが、場合によってはシーボルトにまで手がおよぶかもしれぬ。シーボルトは早くこの国から出ていくことだな」

林蔵は言い捨てると背を向けて出ていった。

背中に非情な気配が漂っていた。

入れ替わるように祝言の客たちが入ってきたから、考える間もなくるんは祝言の席につかねばならなかった。

綿帽子をかぶったるんは三三九度の杯を手にした。ふと横を見ると駒次郎の手が震えている。

源右衛門が声を張り上げてあいさつし、親戚の老人が、

――高砂や、この浦舟に帆を上げて、
と祝いの謡曲を唱した。

座がにぎやかになり、宴が進むうちに沢之助がふたりの前に来て酒を注ぎ、

「よかったでげす。待てば海路の日和あり、思いはいつかかなうものや」

と涙声で言った。

源右衛門もおかつも目に涙を浮かべている。

美鶴が袖で目頭を押さえた。そんな光景を目にして、るんは仕合わせな気持になりながらも、不吉な言葉を言い残した林蔵の顔が脳裏に浮かんだりもする。

(うれしい日のはずなのに、胸騒ぎがする)

心が小波《さざなみ》のように揺れた。

ひと月後、鷹見十郎左衛門が祝いの品を持って長崎屋を訪れた。十郎左衛門が祝いとしたのは蘭鏡だった。

奥座敷でるんとともに蘭鏡を前にした駒次郎は恐縮した。

「このような高価なものをいただきましては」

「なに、このほど新しい蘭鏡が手に入ったのだ。言わば使い古しゆえ、新婚の二人にはすまぬが、長崎屋への祝いとしてはよかろうかと思うてな。冬になれば、雪の結晶を見て楽しむがよい」

十郎左衛門はにこやかに言ったが、すぐに話題を変えた。

「時に、間宮林蔵がシーボルト様から贈られた品を勘定奉行所に届けたそうだが、聞いておるか」

るんと駒次郎は顔を見合わせた。先日、林蔵がもらしたことが十郎左衛門の耳にまで届いているのか。二人の顔色を見た十郎左衛門は納得した顔をした。

「やはり、まことらしいの。蘭学者の間では間宮林蔵がシーボルト様を密告したと、ひどく評判が悪いのだ」

るんは驚いた。

「そんな、間宮様は高橋様から巻き添えにされることを避けられたのだと聞いておりますが」

「その高橋殿が盛んに言ってまわられておるのだ。間宮にはめられたとな」

林蔵が勘定奉行所に提出した包みの中に入っていたのは、更紗《さらさ》一反とオランダ語の手紙一通だった。

手紙は次のような内容である。

——私は江戸滞在中に一度しかあなたと親交を深めあう幸運に恵まれませんでしたが、その後になってあなたの数々の業績を聞いて、たいへん残念に思っております。そこで今あなたに対するささやかな敬意の証として花柄の布を同封させていただきます。つきましては、私が無事にオランダに帰国した折にはあなたに貴重な諸外国の地図をお送りいたします。

フォン・シーボルト

幕府は手紙の内容よりも、この包みがオランダ通詞によって、高橋作左衛門に送られたことを厳しく見た。

作左衛門がシーボルトと親しく交際しているとすれば、日本地図を贈ったのではないかと疑ったからだ。すでに御庭番、御目付、御小人目付などによって内偵が始まっているという。

作左衛門自身、身辺が探られていることに気づいており、

「国への忠誠心があったればこそ、彼の国のことを詳しく記した本を得ようとしたのだ。

ご不審をもたれたのなら、明白に申し上げるだけだ」

と言っていた。そして、周囲には、

「林蔵は、わが身かわいさにわしを売ったのではないか」

と嘆いた。

駒次郎は困惑した表情で言った。

「高橋さまは、お咎めをお受けになるのでしょうか」

「もし、高橋殿がまことに日本の地図をシーボルト殿に渡しているのであれば、そうなるだろう。心配なのは累《るい》がどこまでおよぶかだ」

十郎左衛門は眉をひそめて腕を組んだ。

るんは不安になって訊いた。

「まさか、駒次郎さんまで、お咎めを受けるようなことがあるのでしょうか」

十郎左衛門は腕を解きながら言った。

「おそらく天文方の者は咎められようが、通詞にまでおよぶかどうか。いずれにしても、シーボルト殿は間もなく帰国されるはず。肝心のシーボルト殿さえいなくなれば、すべての話はおしまいになると思うが」

駒次郎は指を折って数えた。

「九月には帰国されるはずです。だとすると、後四ヶ月のことです」

「その四ヶ月、さしたることがなければよいのだがな」

十郎左衛門は遠くを見る目になった。

るんはおびえた。祝言の日に林蔵が来た時に感じた不安が現実になろうとしている。

(シーボルト様に何かあれば、わたしたちはどうなるのだろうか)


そのころ、沢之助は神田の薬種問屋への使いを終えていた。店に戻ろうとして、道端に男が立っているのを見て、息が止まりそうになった。二年前、柳橋で沢之助の足を刺したやくざ者がこちらを見ている。

やくざ者は縞の着物の片袖をたくしあげた。腕に海蛇の刺青をしているのが見えた。そのまま、にやにやと笑いながら近づいてくる。沢之助はとっさに逃げ出そうと思ったが、足が動かない。

「ひさしぶりだな。お前に頼みごとをしたいんだがな」

「わてにどすか」

「長崎屋へ伝えてもらいたいことがあるんだ」

「なんどすやろ」

さりげなく見せる。

「頼みごとをなさる方は近くにいなさる。ちょっと、顔を貸してもらおうか」

と言った時には、やくざ者はぴったりと沢之助に寄り添っていた。懐に手を入れ匕首をさりげなく見せる。

「そのまま歩きな」

やくざ者は沢之助の背中を押した。沢之助が連れていかれたのは日本橋を渡って右側にある本船町の河岸だった。

魚市場のあるあたりで河岸に舟が何艘もつけられていた。その中の一艘に編笠をかぶった黒紗の羽織に黄蘗《きはだ》色の単衣を着た町人がいた。銀煙管をくわえて川面を見つめている。

沢之助がやくざ者にうながされて舟に乗ると、

「よく来ていただきました」

男は銀煙管を口から離して、ていねいな口調で言ったが、編笠はとらなかった。編笠の下からちらりと見えた顔に沢之助は息を呑んだ。

——会津屋八右衛門

六年前、テリアカを探した時、一度だけ会った八右衛門だった。

「わたしの顔を覚えていてくれたようだね。それなら、話が早くて結構です」

八右衛門は銀煙管を煙草盆の灰吹きにこんと音を立てて灰を落とした。

「何の御用どっしゃろか」

沢之助の声が震えた。

（この男が会津屋の番頭五兵衛や大通詞の松藤清左衛門らを殺させたのだ。さらに丈吉はんが死んだのもこの男のせいかもしれない）

「実は、長崎のシーボルトがお上のお縄にかかるかもしれないと聞きましてね」

「そのまさか、オランダはんがお縄になるなんて聞いたこともありまへん」

「そのまさかがあるかもしれないから、こうして話に来たんですよ。あなたがたはシーボルトからこのことを聞いているはずだ」

八右衛門は袖をまくって見せた。腕の真中あたりに海蛇の刺青があった。沢之助は目をそらした。

「これから、長崎屋にもお調べがあるでしょう。その時、このことを誰かが話したら、あなたがたの命が危ないことになる」

八右衛門は凄みのある声で言った。沢之助は体が震え、何も言うことができなかった。

その様子に満足して、八右衛門は、

「戻ったら、店の者たちによく言いきかせることです」

と言うと、やくざ者に舟を漕《こ》がせてどこかへ去っていった。

沢之助はあわてて長崎屋に戻った。土間に入るなり、へたりこんでしまった。

「どうした」

帳場にいた源右衛門が声をかけても、

「海蛇《ハイシェ》が——」

と言うばかりで、沢之助は言葉を続けられなかった。

三

文政十一年八月九日——

長崎はこの日、夜半から翌朝にかけて暴風雨に襲われた。

シーボルトはこの日の気象観測記録を残している。

記録によると、九日の朝方は気圧二九・七三、寒暖計華氏七六度、湿度計八九度、東の風、晴だったが、夜半になって暴風雨が上陸すると気圧二八・一、寒暖計華氏七七度、湿度計九七度、南東の風となっている。

この夜、二階の寝室でベッドに入っていたシーボルトは、風雨の激しさに不安を覚えて起きだした。

昨年五月、娘イネを産んだ其扇は、その後、出島に泊まれるよう手続きをとって、ともに暮らしていた。シーボルトにとって其扇とイネは大切な家族だった。

服を着替えたシーボルトは、傍らで寝ていた其扇を起こした。居館はみしみしと不気味な音をたてていた。

「旦那様、どげんしたとですか」

其扇が不安げに訊いた。

「嵐です。こんな大きな嵐はわたしも初めてです。安全なところに行かなければ」

其扇はうながされて、娘のイネを抱えあげた。イネは急に抱き起こされて目をさますと、暴風雨の音におびえて其扇にすがった。

シーボルトは二人を守るようにして一階に下りた。そこには寝つかれない禿《かむろ》や乳母、召使いの黒人少年たちがいた。

「大変です。この家は吹き飛ばされそうです」

黒人少年がシーボルトに取りすがって言った。

「ここにいては駄目だ。表門まで行こう」

シーボルトは緊張した面持で言った。

出島の表門は番士五人が常に詰めている。出島は海を埋め立てて造られた土地で、強風や高波にさらされれば崩壊する危険性があった。陸地に逃げるには表門を通らねばならない。

シーボルトは吹きつける風の中をカンテラを手に其扇たちを連れて表門へと向かった。すでに強風でまともに立っていることも難しく、ほとんど這うようにして進んで行った。すでに居館の屋根瓦は風で飛び始めている。柱がゆれ、倒壊の危機が迫っていた。

其扇は、抱いたイネを必死で守りながらシーボルトに続いた。時おり、

——旦那様、旦那様
と悲鳴のような声をあげた。

シーボルトは風の音に負けない大声で叫び、其扇の肩を抱いて励ました。どうにか、シーボルトたちは表門に着いた。表門では番士たちがおびえた顔であたりを見回している。

「大丈夫です」

大きな音をたてて建物が崩れた。屋根の瓦が次々と吹き飛ばされている。

風は、早朝まで吹き荒れた。

番士たちは避難してくるひとびとの目印になるように高帳提灯を掲げた。シーボルトは提灯の灯りの下で其扇に抱かれたイネの寝顔を見つめた。

風が静まってくると安心したのか、イネは其扇の胸で眠っていた。

(この子はどのような人生をたどることになるのだろうか)

わずか十七歳で死んでしまった道富丈吉を思い出していた。オランダ人と日本人女性の間に生まれた丈吉は、差別や偏見の目にさらされることもあっただろう。イネにもそのような人生が待っているのではないか。昨夜からの嵐は、イネがこれから出会わなければならない一生を暗示するかのようにも思えた。

翌朝になって、出島にある商館長部屋、通詞部屋、長崎会所役人部屋、シーボルトが住む家などが甚大な被害にあったことがわかった。

荷揚げした砂糖を保管していた蔵や海岸施設のクレーンも倒壊していた。さらに昨夜、湾内に係留されていたオランダ船ハウトマン号と三隻のジャンク船が、嵐によって湾内を漂流したあげく、海岸に打ち上げられていた。

ハウトマン号は港の対岸、稲佐村の浅瀬に乗り上げて座礁していた。このことは商館員たちを青ざめさせた。ハウトマン号はシーボルトが帰国する船で九月二十日には出港する予定だったからだ。

「湾に停泊していたのに、なぜ座礁したのだ」

商館長のメイランが不審がると、長崎会所の役人が、

「嵐の中で碇の綱が切れたようです」

と報告した。

「なんという不運だ」

とメイランは嘆いたが、出島のひとびとの間では別な噂が流れた。

普段オランダ船は嵐に備えて碇綱を長く延ばしている。波を受けても碇綱が張りつめずに、やわらかにしのいで、綱が切れないようにするためだ。

ところが、昨夜、港に様子を見に行った者の話では、唐人のジャンク船が嵐の中を動き

出して、オランダ船の碇綱を切ったのだという。

嵐の翌日、唐人屋敷の鄭十官が稲佐村まで出かけて、座礁したハウトマン号を見物したという噂まで飛び交った。

唐人はかねてからオランダが幕府から優遇されていることを快く思っていなかったため、嵐に乗じて船の碇綱を切ったのだろうというのである。

碇綱が切れて漂流した船は、一度港を出て入港したものと見なされ、積荷が調べられる。唐人はシーボルトの収集品がすでにハウトマン号に積まれていると疑っていた。積荷があらためられたならば、国外に持ち出しを禁じられている品が出てくるのではないかと期待したのだ。

しかし、この時はまだシーボルトの収集品は積み込まれておらず、船のバランスを保つためのバラストとして輸出用の銅五百ピコルが積み込まれていただけだった。

座礁した船の曳きあげには時間がかかった。この作業が完了し、ハウトマン号の浮上に成功するのは三ヶ月後のことだ。

この間にシーボルトをめぐる情勢は大きく動いていた。

十月十日夜――
江戸、浅草新掘の高橋作左衛門の屋敷は、猿屋町と御蔵前方面から来た捕り手によって囲まれた。暗夜に御用提灯が不気味にひしめきあった。

屋敷の門が開けられ、どやどやと捕り手たちが踏み込んだ。鋭い声が飛び交い、激しい物音がした。しばらくして、網をかけられた駕籠が門から出てきた。

まわりを御用提灯が囲んでいる。駕籠には作左衛門が乗せられ、厳しく警護されて町奉行所へと連れていかれた。

続いて作左衛門の娘婿である御勘定聚見頭、大島九郎太郎《おおしまくろうたろう》、義弟の佐藤十兵衛《さとうじゅうべえ》、天文方の吉田勇太郎《よしだゆうたろう》も連行された。

作左衛門への詮議には、大目付村上大和守《むらかみやまとのかみ》、町奉行筒井伊賀守《つついいがのかみ》、御目付本目帯刀《もとめたてわき》が立ち合った。

シーボルトとの交際が問い質され、たがいに交わした書簡や贈物の内容など微に入り細に渡って調べられた。当初、余裕のある態度で、むしろ昂然としていた作左衛門の額に、しだいに油汗が浮いてきた。

尋問は厳しく、執拗に行われ、作左衛門は終に伊能忠敬の日本地図を模写したものをシーボルトに渡したと自白した。取り調べが終わったのは早暁の八ツ半(午前三時頃)である。

作左衛門は疲労困憊して、その場に倒れた。

直ちに作左衛門は揚屋入り《あがりや》が命じられた。揚屋とは小伝馬町の牢屋敷で御目見以下の直参、陪臣、僧侶などが入れられる牢だった。

作左衛門の捕縛は江戸市中で大きな話題になった。天文方という曰くありげな役職についている作左衛門が、オランダ人から珍品を贈られていたという噂が醜聞《しゅうぶん》となって広がった。作左衛門は屋敷に南蛮渡りの贅沢な調度をそろえ豪奢な暮らしをしていた、とひとびとに吹聴されたのだ。

作左衛門の弟子、部下など十数人が奉行所に次々と連行された。二の丸火の番測量御用役、下河辺林右衛門《しもこうべりんえもん》などは、その日のうちに入牢させられた。事件はさながら作左衛門の身の回りすべてを摘発するかの如くだった。

奉行所に出頭する段になって、最もうろたえたのは表火之番の岡田東輔《おかだとうすけ》だった。東輔は三十六歳で作左衛門のもとで図工をしていた。

東輔は作左衛門の捕縛を聞くと青ざめた。東輔にも奉行所の手が伸びるのは、間近だと思われた。

作左衛門が捕縛された翌日、東輔はある人物からの連絡を受けて柳橋の料亭に行った。大名家の重臣らしい風体の男が待っていた。

東輔は男に向かって頭を下げた。

「お指図通りにしましたが、このままでは、わたくしにもお咎めがあるやもしれません。なにとぞ、お救いください」

男は首をひねった。

「さて、わしが指図したとは何のことかな」

東輔は蒼白になって、にじり寄った。

「高橋様の不行跡を目付に密告せよと言われたではありませんか」

「ああ、そのことか。確かに、高橋殿が役所の金を不正に使い、配下の者の娘を妾にするなど目に余ることがあれば、しかるべき筋に申し上げたがよかろう、とは申した。しかし、それは当然のことではないのかな。そなたが高橋殿の不行跡に関わりなくば、何も恐れることはあるまい」

「それはあまりでございます。わたくしは高橋様の不行跡には関わっておりませんが、シーボルトの一件とは関わりがございます。それも、あなたさまの指示によってしたことではございませんか」

男はつめたい目で東輔を見た。

「ほう、面白いことを申す。シーボルトとの一件に関わったのもわしの指図だと言うのか」

男ににらまれて、東輔は目を伏せた。膝に置いた手が震えていた。

「しかしながら、すべては御老中様の――」

東輔が言いかけると、男は、

――叱《しっ》
と舌打ちするように言った。東輔はどきりとして口を閉ざした。

男は部屋の外の廊下で立ち聞きする者がいないかをうかがった後で、

「そのようなことを二度と口にするでない。そなたの命に関わるぞ」

と言った。東輔は肩を落とした。

「それでは、どうあってもお救いいただけないのですか」

「くどいの。お咎めがあったとしても、精々、江戸所払いぐらいであろう。何を気に病んでおるのだ」

「まことでございますか。流罪や死罪になることはございませぬか」

「さほどのことになるのは高橋殿だけであろう。そなたが江戸を出ねばならなくなった時には当方にも考えがある。悪いようにはいたさぬ」

男の言葉に東輔はほっとした表情になった。

「それをお聞きして、少し安心いたしました。されど、どうやらわたくしは、うまうまと使われたのですな」

「わしには何のことかわからぬが。そなたがそう思うなら、そう思っておればよい」

男は言い放つと、あらためて東輔の顔をじろじろと見た。

「そなた、顔色がよくないの。その様子で牢屋暮らしが耐えられるかのう。牢には同じ牢に入った者をうるさいからと殺してしまう悪党もいるそうな。牢内でのことは奉行所でも知らぬ顔をするそうだから、気をつけぬとな」

男の不気味な言葉に、東輔の顔はこわばった。

長崎屋の主人、源右衛門も高橋作左衛門の捕縛から五日後、十月十五日に町奉行所の白州で取り調べを受けた。

「なぜ、お父っつぁんまでお調べを受けなきゃいけないの」

るんは駒次郎に涙ながらに訊いた。

「わからない。長崎屋はただカピタンさんを泊めているだけなのに」

駒次郎は暗然とした表情だった。

おかつと美鶴、沢之助も憂いを隠せなかった。

源右衛門は奉行所に連行され取り調べられた後、いったん帰宅を許されたが、その後も度々取り調べがあり、シーボルトと作左衛門の面談の様子や、シーボルト参府のおり長崎屋を訪れたひとびとのことを根掘り葉掘り問い質されていた。源右衛門はしだいに痩せ衰えていった。

厳しい調べに対して、長崎屋を訪れたひとびとの名をできるだけ出さないように神経をすりへらしているためだった。

吟味方与力は源右衛門に対して、

「その方、有体に申さねば牢問いにかけるぞ」

と脅した。

牢問いとは笞《むち》打ち、角材を並べたうえに座らせて石を抱かせる石抱《いしだき》、頭を両足の間にはさんで縛る海老責《えびぜめ》などがあった。

源右衛門がさすがに震えあがって、一度だけ長崎屋を訪れた間宮林蔵の名を口にしたところ、

「慮外者《りょがいもの》め、何を申すか」

いきなり吟味方与力は怒鳴りつけ、調べを打ち切った。

長崎屋に戻った源右衛門は寝床に横になったまま、るんと駒次郎に、

「もともとシーボルト様に面会に来たひとのことは立ち会いのお役人もいて、わかっていることだ。それなのに、なぜあのようにきつい御調べをなされるのか、わしにはわからん。それに間宮様が長崎屋にお見えになったことは言ってはいけないことのようだ」

とため息をつきながら言った。

そばで源右衛門の背中をさすっていたおかつも、

「高橋様がシーボルト様にご禁制の地図を贈ったからって、なぜまわりの者までお調べを受けなきゃいけないんだろうねえ」

と愚痴を言った。駒次郎がうなずいて、

「次からは、わたしが御調べに出ます」

と言うと、源右衛門は起き上がって頭を振った。

「とんでもない。お上はまだ、お前が間宮様の御本を訳してシーボルト様に届けたことはご存知ないようだ。もし、そのことが知られたら、わしへの詮議どころではなくなる。きっと牢問いにかけられる。そんなことになったら命だって危ないぞ」

駒次郎の顔が引きつった。

「まさか、そこまでのことは」

「いや、わからないぞ。どうも今度の御詮議は妙だ。高橋様をお咎めになるってだけじゃない。もっと大きなことがありそうだ」

源右衛門はおびえたように言うと、再び、横になった。

その様子を見ていたるんは、

「お父っつぁん、こうなったら、遠山様におすがりしたら、どうなんでしょうか」

と言った。

「遠山様に？　そんなことは無理だ」

源右衛門はにべもなかった。

「どうして？　長崎奉行も務められた遠山様なら、長崎屋のことだってわかってくださると思うの」

るんの言葉に駒次郎も、

「これは、るんの言う通りですよ。何も遠山様に助けてくれとお願いするんじゃない。長崎屋のことをわかっていただくよう申し上げるだけでもいいんじゃないでしょうか」

と言った。源右衛門が考えていると、おかつが傍らから、

「お前さん、ここは藁《わら》にもすがる思いで、若い者にまかせちゃどうだろう。るんも駒次郎も遠山様にはお目にかかったことがあるんだし、夫婦二人でお願いにいけば、御慈悲をいただけるんじゃないかねえ」

と説得すると、源右衛門はしぶしぶ首を縦に振った。


るんと羽織袴姿の駒次郎は翌日、外神田の遠山屋敷を訪ねた。

景晋に会えるとは最初から思っていない。用人に会って来意を告げ、手紙を読んでもらえるよう頼むつもりだった。

二人が玄関脇の小部屋で用人に会っていると、着流しの男がひょいと顔を出した。

「長崎屋の娘というのはお前か」

と、るんを見据えて言った。
三十四、五のひきしまった体つきの男だった。目が鋭く、鼻が高かった。用人があわてて、頭を下げ、
「さようでございます」

と言った様子から景晋の嫡男、金四郎景元だろう、とるんにも察しがついた。着流しの袖口から襯衣《シャツ》のようなものがのぞいている。

旗本にあるまじきことだが、金四郎は背に桜吹雪と手紙を咥えた女の生首の刺青をしているという噂だった。刺青は手首まであり、下着で隠すしかないのだろう。

二人が畳に手をつかえて頭を下げると、金四郎は気軽な調子で言った。

「親父殿は近ごろ、病がちでな。お前たちが来たと聞かれて、だいたい用事は察しがつくが、会うことができぬからわしに代わって話を聞いてやれとのことだ」

るんがはっとして顔を上げると、金四郎は奥座敷にうながした。きびきびとした様子は旗本というより、町のいなせな男伊達と言った方が似合う。

金四郎が遠山家の複雑な事情から、若いころ屋敷を飛び出して市井の無頼と交わっていた話は、源右衛門から聞いていた。歌舞伎小屋の中村座で笛や鼓の囃子方を務めていた、ともいう。

遠山家に戻り、正式に景晋の嫡男としてお目見えをしたのは四年前、文政七年のことである。その後、小納戸役として召し出されていた。

中庭に面した奥座敷でるんたちと向かいあった金四郎は、いきなり、

「長話を聞いても仕方がねえから、手っとり早くやろう。お前たちが今日来たのは、例の高橋殿の一件だろう。長崎屋の主人もお白州で詮議されているらしいから、なんとかなら

ねえかという相談とみるが、そうかい」

と伝法な口調で言った。抑揚がついた、よく通る声だ。

るんは手をつかえたまま答えた。

「恐れ入ります。その通りでございます。父はこのまま御詮議が続けば病んで寝ついてしまいましょう。なにとぞ、お助けをお願いいたします」

駒次郎も、お願いいたしますと頭を下げた。

二人をしばらく眺めていた金四郎は、不意に笑った。

「お前たち、本当に何もわかっちゃいねえようだな」

るんと駒次郎は顔を見合わせた。金四郎は表情を引き締めて言った。

「このたびの高橋殿の一件、天文方の不始末なんていう小せえ話じゃねえんだ。伊能忠敬の日本地図のことで騒いでいるようだが、お偉方にとっちゃあ、もっと大事なものがシーボルトの手に渡ってるよ」

「もっと大事なものでございますか」

思わず駒次郎は訊き返した。

「聞きたいか」

「おうかがいできますのでしょうか」

駒次郎は必死な面持ちで手をついた。

「聞くとただではすまなくなるんだが、まあいいだろう、お前たちはどうせ巻き込まれてしまっているんだからな」

一呼吸置いて、金四郎は言った。

「シーボルトの手に渡った大事なものとは、『江戸御城内御住居之図』、つまりお城の見取り図だ」

「お城の――」

ふたりは驚いて、金四郎の顔を見つめた。

「知っての通り、お城の御文庫には貴重な書物が納められている。お城の見取り図もその中にあったんだが、いつのまにか行方不明になっていた」

「まさか、それがシーボルト様の手に渡ったと言われるのですか」

るんは目の前が暗くなった。

『江戸御城内御住居之図』に関わることだとすると、捕縛された者たちに待っているのは死罪に違いなかった。

平然と金四郎は話し続ける。

「高橋殿は江戸城の見取り図には関わりあるまい。しかし江戸城の図面がオランダの手に渡ったとなると、いまの御老中方は間違いなく残らず切腹だ。そこで、すべての罪を高橋殿に背負わせようというのが今回の筋書きだろうよ」

「それでは父はその巻き添えになったのでございますか」

金四郎は鋭い目でるんを見返した。

「長崎屋だけじゃねえ。お偉方はこの一件に関わった者の口を封じたいのさ」

金四郎は駒次郎の顔に目を移した。

「ここまで言っても、わからないのかい」

駒次郎は凍りついた。金四郎が江戸城の見取り図がシーボルトの手に渡ったという極秘の話をしたのには理由があったのだ。

「それでは、わたしも口を封じられる者のひとりだと――」

「長崎屋の娘婿でもある通詞が、間宮林蔵の『東韃地方紀行』をオランダ語に移し替えてシーボルトに渡したってことは、すでに評定所でも承知のことなんだ」

金四郎ははっきりと言った。駒次郎の顔は蒼白になった。

「いずれお前にも手が伸びてくる。長崎屋の心配よりも手前の心配の方が先だろう」

涙をこらえてるんは言った。

「そんなことって、あんまりです。高橋様だってお国のためによかれと思ってされたことじゃありませんか。誰も悪いことなんかしてはいないのに、誰かの悪事を覆い隠すためにお咎めを受けるなんてひどすぎます」

「お前の言う通りだが、これが御政道ってものだ。弱い者は強い者に食われてしまうのさ」

金四郎はため息をついた。

「そんな役人になるのは、まっぴらだと思って屋敷を飛び出したが、父上も老いられた。家をつぶすわけにもいかねえから、恥をしのんで舞い戻った身の上だ。だから、お前たちのために何かしてやりたいと思うが、何か証《あかし》となる物がなけりゃあ難しいな」

「証と言われますと？」

すがるような目をして駒次郎は金四郎を見た。

「シーボルトにお城の見取り図を渡した奴らの尻尾を捕まえる証さ。そいつがあれば、何とかなるかもしれねえ」

「しかし、御老中様方が示し合わしておられるのであれば、そのような証があっても」

「いや、手だてはある。このほど西の丸老中になられた水野《みずの》忠邦《ただくに》様は名うての切れ者だ。本丸老中方の弱みを握ることができるとあれば動いてくだされよう。御当代の治世はすでに三十年におよぶ。西の丸の御世子家慶《いえよし》様はすでに三十六歳におなりだが出番が来なくて、じりじりとされているところだ。水野様も何か手を打ちたいはずだろうよ」

金四郎は何か心積もりがありそうだ。

るんと駒次郎が辞去すると、金四郎は景晋の部屋に行った。景晋は床に就いていた。

「父上、長崎屋の娘夫婦、帰りましてございます」

景晋は目を開いた。

「そうか、得心いたしたか」

「さて、自分たちの危うさはわかった様子ですが、かといって、どうしたらよいかまでは」

「わかるまいの」

「わたしどもにも手を打ちかねることでございますゆえ」

「しかし、このままいけば、大きな物が失われる」

金四郎は怪訝な顔をした。

「大きな物とは何でしょうか」

「わが国とオランダを結ぶ心の絆だ」

「なるほど、それは失われましょうな」

「そうさせてはならぬ。そのためにオランダ宿があるのだ」

景晋は静かに言って、目を閉じた。

四

シーボルト事件で最初の犠牲者が出たのは、作左衛門が捕縛されてから五日後の十月十五日だった。

「おい、どうした」

天文方手伝の出野《いでの》金左衛門《きんざえもん》は異様な物音に驚いて岡田東輔の部屋をのぞき、あっと声をあげた。東輔が腹に脇差を突き立てて倒れていた。血が着物や畳を染めている。

東輔は数回にわたって町奉行所で取り調べを受け、お玉が池の自宅に幽閉されていた。

この日も、金左衛門が町奉行所への出頭を命じる書面を持ってきた。

東輔を監視している表火之番豊野《とよの》伝次郎《でんじろう》は書面の内容に不明な点があったため、問い合わせに行っていた。

その間、東輔は身支度を整えて別室に控えていた。ところが物音とうめき声がしたため金左衛門がのぞいたところ、東輔は切腹していたのである。

東輔は町奉行所で取り調べを受ける間に神経を病んでいた。このため周囲の者も気をつけていた中でのことだった。あわてた金左衛門は駆け寄って脇差を取り上げると、事態を町奉行所に連絡するとともに医師を呼んだ。

医師が駆けつけて手当をしたが傷は深く、七日後、二十二日には死亡した。

東輔は苦しみ続け、何事かを口走ったが、聞いている者にも意味は判然としなかった。

東輔の死は取り調べを怖れての乱心として処理された。

取り調べを受けていた者が自殺したという報せは、るんの気持を暗くした。

源右衛門もそこまで追い詰められるかもしれないし、駒次郎がいつ奉行所から召し取られるかわからない。

証となる物を探せと金四郎は言ったが、おいそれと見つかるとは思えない。

さすがに沢之助も悲観的だった。

「かりにそんな物があったとしても、わてらの手が届くところにあるはずがおまへん」

ところが美鶴がぽつりと言った。

「もしかしたら」

えっ、とるんは驚いて美鶴の顔を見た。

このところ美鶴は以前のように不思議なことを言わなくなっていた。憑き物が落ちたように、明るい普通の娘になっていたのだ。

「あの間宮林蔵というお侍なら、何かを知っているかもしれない」

るんたちは顔を見合わせた。

林蔵だけは高橋作左衛門に連座せずに助かっていた。作左衛門がシーボルトからの贈物を林蔵に届けた時、ためらいもなく勘定奉行に届け出たからである。

「間宮様は何かを知っているはずです」

るんが言うと、駒次郎もうなずいた。

「間宮様はシーボルト様が海蛇《ハイシェ》に狙われていると言っていた。そのことと今回の一件は関わりがあるのかもしれないな」

「だったら、間宮様にお訊ねしてきます」

沢之助が賛成した。

「そんなら決まりや。明日にでもわてがお供します」

「いや、わたしが行こう」

駒次郎が意気込んで言った。

「そらあきまへん。お上の目が光ってますやろ。駒次郎はんが間宮様に会いに行かはったら、かえって藪蛇《やぶへび》になるかもしれまへん」

沢之助が言うのがもっともだということで、翌日、るんは沢之助と間宮林蔵の家を訪ねた。

朝から冷え込みがきつく、小雪がちらついていた。門をくぐって玄関先に立ち、おとないの声をかけると、会ったことのある女中が出てきた。

女中は気だるげな様子で言った。

「旦那様なら五日ほど前からお出かけで、いつ戻られるかわかりませんよ」

「どこへお出でででしょうか」

五日前なら、高橋作左衛門が捕縛されてからすぐだ。林蔵は危険を察して身を隠したのかもしれない。

「そんなことわたしにわかるわけありませんよ。旦那様は何も言わずに不意に行ってしまいますから」

女中は不満げな顔だ。

「そやけど、江戸におられるのかどうかぐらいはわかるのやおへんか」

沢之助がしつこく訊いても、女中は頭を振るだけだった。

「わかりゃしませんよ。箱根の向こうに行くのも、房総あたりに行くのも同じことでしょ」

仕方なく、また出直してくると言って帰ろうとすると、女中がるんを呼びとめた。

「そういえば、あなたは長崎屋さんでしたね」

「そうですが」

「いま思い出したけど、もし留守中に長崎屋さんから使いが来たら伝えてくれと旦那様が言ってたことがありました」

「なんでしょうか」

藁にもすがる思いになった。しかし、女中の口から出たのは無情な言葉だった。

「わしを頼っても無駄だ、ということでしたよ」

女中は素っ気なく言った。

「そうですか」

肩を落として辞去した。沢之助が後ろを歩きながら、

「間宮様って、何というお人やろう。自分だけが助かれば、それでええんかいな」

と腹立たしげに言った。

るんは黙々と歩いた。父源右衛門や夫の駒次郎に危難が押し寄せているというのに何もできないのが悔しかった。

(力のない弱い者はお上の都合でどうにでもされるのか)

そう思うと涙が出てきそうになった。

しかし、そんな思いにひたっていることも許されなかった。

るんが長崎屋に戻ると、美鶴が駆け寄ってきた。

「駒次郎さんが、たったいま」

町奉行所の役人に連行されて行った、と涙ながらに言った。

「そんな――」

倒れかけたるんを沢之助がささえた。

「大丈夫や。旦那様と同じようにきょうの内には戻れるはずや」

その言葉にるんは力なくうなずいた。厳しい詮議が行われるかもしれないが、夜には駒次郎は戻ってくるはずだ。

その期待は裏切られた。駒次郎に下った沙汰は次のようなものだった。

一、一通尋之上、揚屋に被遣
　本石町三丁目長兵衛長崎屋
　　沢駒次郎
右於評定所大目附村上大和守、町奉行筒井伊賀守、御目附本目帯刀立会、伊賀守申渡す

大牢ではなく揚屋に入れられたのは駒次郎が長崎通詞でもあったためだ。奉行所では、この件での検挙者を他の罪人たちと接触させたくなかったためでもあった。

いずれにしても駒次郎は入牢し、生きて戻れるかどうかもわからなくなった。

「どうして、こんなことに」

嗚咽を抑えきれず、るんは涙を流しながら沙汰書を見つめた。


江戸での異変は、間もなく長崎に伝わった。

小通詞の吉雄《よしお》忠次郎《ちゅうじろう》が十一月十日、シーボルトの家を訪れて、事態が急であることを告げた。

帰国すれば其扇やイネとも別れることになるという愁いの中にいたシーボルトに、忠次郎の報せは追い討ちをかけた。

「どうしたらいいのでしょう。それでは、せっかくの収集品が持ち帰れなくなるかもしれ

ません」

シーボルトは唇を嚙んだ。

ハウトマン号が台風によって座礁さえしなければ、日本を離れていた時期だった。

シーボルトはこの事態を予測しなかったわけではない。

長崎奉行所の検使がだしぬけに出島を訪れ、盗賊が嵐による破損に乗じて倉庫に押し入った形跡があるとして現場検証を行っていた。

十月二十一日には、シーボルトが鳴滝で教えていた弟子たちの出島への出入りが禁じられた。

出島への監視はしだいに強められていたのだ。

「問題なのは蝦夷、千島の地図をどうすべきかということですね。あの地図は幕府の天文方からもらった貴重なものですから」

シーボルトは忠次郎に言うと、その夜は寝ずに蝦夷、千島図の模写を行った。翌朝、忠次郎が再び来ると、

「わたしが江戸より持って来た地図も引き渡さねばならなくなりました。先生の家も間もなく捜索されるでしょう」

と言った。忠次郎は昨夜一睡もしなかったのか、目の下にくまができ、憔悴《しょうすい》しきった表情だった。

「わたしが捕縛されるのも目前です」

蝦夷地図を受け取ると、忠次郎は帰っていった。シーボルトは忠次郎の後ろ姿を見送って暗澹《あんたん》とした気持になった。


おびえていたのは吉雄忠次郎だけではなかった。葛谷新助も鳴滝塾で落ち着かない気持で日々を過ごしていた。

(やはり、高野さんの言ったことが正しかった)

長英は、このころ旅に出ることが多く、四月には長崎に戻ったものの、故郷の陸奥国水沢に戻ると言って塾を出ていた。

塾を去る前、新助を呼び出して、

「どうだ。やはり、まだここにいるつもりか」

と訊いた。新助が黙ってうなずくと、長英は苦い顔になった。

「そうか。わしは自分が一番大事だ。お前もそうだろうと思っていたが、違うということか」

さびしげに言って、長英は旅立った。見送りながら新助は後悔した。長英とともに逃げたほうがいいのだ、とわかっていたが体が動かなかった。

(わたしは逃げなかったわけではない。臆病すぎて逃げることもできなかったのだ)

新助は暗い気持で事態が動くのを見ていた。もし、シーボルトが咎められるようなことがあった時は、あの図に触れた自分も捕縛されるに違いない。新助は暗い淵をのぞき込むような気持だった。

この日、親しくしてきた日本人は誰一人としてシーボルトの家を訪れなかった。おそらく出入りを禁じられているのだろう、とシーボルトは察していた。見えない包囲網によって縛られ、身動きできなくなりつつあるのだ。沈思した後、

「いや、やはりできるだけのことはしなければ」

とつぶやいた。

立ちあがったシーボルトは収集した地図、書物、資料などを大きな鉄箱に詰める梱包《こんぽう》作業を始めた。幕府によって収集品の大半は没収されるかもしれないが、できるだけ隠したかった。

シーボルトが荷をまとめている時、其扇がイネの手を引いて部屋に入ってきた。其扇は部屋に資料が散乱した様を見て、顔に翳《かげ》りを浮かべた。

「旦那様、何をしておいでんしゃあと」

シーボルトは振り向いた。いつになく険しい顔つきだった。

「何でもありません。この部屋には入らないでください」

苛立った言葉に驚いて、イネがシーボルトの顔を見つめた。今にも泣きそうな顔をして

いる。シーボルトは後悔して、イネのそばに寄り抱きあげた。

「かわいそうなイネ。わたしはお前のためにも日本の役人に捕まったりはしないよ」

其扇がおびえた顔になった。

「旦那様、何か悪かこつでん起きますとね？」

シーボルトは頭を振った。

「何でもない。大丈夫だ。大丈夫」

それは自分自身に言い聞かせる言葉でもあった。

ひと通り箱詰めが終わると、シーボルトは蝦夷地図の写しを巻いて入れた筒を持って、商館長部屋のメイランを訪ねた。メイランはシーボルトの顔を見て不機嫌な表情を隠さなかった。

「どうやら、この国の役人たちは、あなたを狙っているようだ」

「そのようです。それで、これを商館でお預かりいただきたいのです。大変、貴重なものですから」

シーボルトが筒を差し出すと、メイランは迷惑げな顔をした。

「この地図によって、カラフトが半島ではなく、島であることが明らかになります。地理学上での大発見です」

シーボルトに念を押されて、メイランはしぶしぶ受け取った。

「それほどの大発見なら日本人も世界に知られたくはないだろうね」

何気なく言ったメイランの言葉がシーボルトには気になった。

確かにカラフトの海峡が確認されたことはロシアなどにとって重要だろうが、幕府の関心はそれほどとは思えなかった。

ロシアの船はすでに日本近海に迫っており、いまさら日本地図を必要としてはいないのではないか。

天文方の高橋作左衛門は、蝦夷地の地図についても公刊していくつもりだったし、幕府がそのことを咎めようとしていた、とは思えない。

幕府が国外に持ち出されることを危険視したのは、日本地図や蝦夷地図ではない、別なものなのだ。

——ひょっとすると
江戸参府の際、シーボルトは蘭学者のひとりから耳よりな話を聞いた。江戸城の見取り図がある、というのだ。

「江戸城の見取り図——」

シーボルトは興味をそそられた。江戸城はこの国最大の要塞であり、政庁でもある。

(江戸城の見取り図を持ち帰ることができたら)

東アジアへ進出しているヨーロッパ諸国やロシアにとって垂涎の的となるだろう。

「見取り図はどこにあるのですか」

「御城の御文庫にあるはずです」

と蘭学者は言った。江戸城内の紅葉山に〈楓山《ふうざん》文庫〉と呼ばれる文庫が設けられ書籍が収集されている。

「紅葉山の御文庫に入ることはできるだろうか」

「天文方の高橋作左衛門様にお頼みになればできるのではありませんか」

蘭学者は狡猾な表情を浮かべて言った。シーボルトの手に入りそうにもない物のことを話して歓心を買ったのだ。

シーボルトは文庫を見せてもらいたいと、作左衛門に頼んだ。

作左衛門はさすがに首を縦に振らなかった。それでも伊能忠敬の『大日本沿海輿地全図』などの地図を渡すのは承諾した。

代わりに、シーボルトからはロシア探検家クルーゼンシュテルンの『世界周航記』をはじめ、『蘭領印度の地図』、『オランダ地理書』を贈ることにしたのである。

しかし、なおもシーボルトは『江戸御城内御住居之図』を欲しいと願った。その時、思いついたのは、

〈海蛇《ハイシェ》なら江戸城の中にまで手を伸ばせるのではないか〉

ということだった。シーボルトは大通詞の松藤清左衛門が〈海蛇《ハイシェ》〉の一味ではないか、

と疑っていた。ためしに清左衛門に、

「わたしは海蛇《ハイシェ》について知っている」

と言った。すると、清左衛門の顔色は、見る見る青くなった。

「わたしは、これから江戸城で役人たちに会う。だが、わたしの欲しいものが手に入るなら海蛇《ハイシェ》のことは口にしない」

シーボルトは脅すように言った。シーボルトが欲しがっているものが江戸城の見取り図だと聞いて清左衛門は愕然とした。しかし、しばらくして、

「わたしに手立てがございます」

と囁いた。額に脂汗を浮かべていた。

「そのかわり、すべてを黙っていてくださいますか」

清左衛門の言葉を聞いた時、〈海蛇《ハイシェ》〉の男たちが、その存在を暴かれることを怖れているのだ、とシーボルトは悟った。

「わたしの望みをかなえてくれるのなら、あなた方のことは黙っていよう」

シーボルトは重々しく言いながらも、道富丈吉は彼らによって殺されたのではないか、との疑いが湧いて胸が苦しくなった。

江戸城に入ったシーボルトが将軍の謁見を終え、西の丸で休息していると、茶坊主が近づいてきて案内した。付き添いの役人たちもなぜか、そのことを咎めなかった。

連れて行かれたのは城内の紅葉山にある御文庫だった。

シーボルトが文庫に入ると男が立っていた。

その男は耳が大きく、青白い顔に尊大で無遠慮な表情を浮かべていた。

石見国浜田藩主、松平康任だった。

「この男が、どうして」

シーボルトは思わずつぶやいたが、康任には言葉が通じなかった。

康任は聞き取り難い声で言った。

「そなたの望みのものを用意したぞ」

康任は聞き取り難い声で言った。退屈げな素振りだった。シーボルトは康任の言葉の意味を察して大きくうなずいてみせた。

康任は厭わしそうな目でシーボルトを見ると、傍らに平伏した武士を手で招き寄せた。

「これへ持て。この南蛮人に見せてやるがよい」

痩せた三十過ぎの武士が顔をあげて、シーボルトに細長い木箱を差し出した。

木箱を開けてみると、中には『江戸御城内御住居之図』のほか、『江戸御見附略図』、『武器武具図帖』が入っていた。

「これです。これが欲しかったのです」

シーボルトが興奮して言うと、康任は冷たい笑いを浮かべた。

「後ほど、宿に届けさせよう」

シーボルトから絵図を受け取って木箱に収めた武士の額には汗が浮いていた。

表火之番の岡田東輔である。

高橋作左衛門のもとで図工をしており、しばしば御文庫にも出入りする東輔は、浜田藩勘定方橋本三兵衛にひそかに呼び出され、御文庫で『江戸御城内御住居之図』をシーボルトに見せるように言われたのだ。

さらにシーボルトが望めば、あらためて長崎屋に届ける手はずになっていた。幕閣の実力者松平康任からの依頼を断ることは考えられなかった。

シーボルトが江戸城から長崎屋に戻ると、『江戸御城内御住居之図』、『江戸御見附略図』、『武器武具図帖』が入った木箱が届けられていたのである。

監視役の役人は、届けた者が名のらなかったと不満を示したが、それ以上追及しなかった。

日本での調査は、日本全図、カラフトの海峡の情報と江戸城の見取り図まで加わって完璧なものになった。『江戸御城内御住居之図』を手に入れたことにシーボルトは大いに満足していた。

(すべてはあの図のために起きたことなのか)

シーボルトは奈落《ならく》の底に落ちて行くような絶望感を味わった。

十二月七日には江戸からの急使が長崎に着いた。

長崎奉行本多佐渡守は小通詞に命じて、シーボルトが作左衛門から受け取った日本地図を取り上げようとした。

シーボルトが応じなかったため同月十六日朝五ツ（八時頃）に検使三人と下役三十人がオランダ商館に出張った。

検使は、シーボルト所持の品々を商館長のメイランの立ち合いのもとに調べ、禁制の物があれば取り上げると告げた。さらにシーボルトに対しては、

――志いほると吟味有之候ニ付　帰国御差留《さしとめ》

として、出国を禁じた。同じ日、シーボルトと作左衛門の間に立った大通詞馬場為八郎《ばばためはちろう》、小通詞吉雄忠次郎、小通詞並堀儀左衛門《ほりぎさえもん》、小通詞末席稲部市五郎《いなべいちごろう》が町奉行所に呼び出され、入牢となった。

文政九年の江戸参府でシーボルトに同行した大通詞、小通詞ら五人が、町年寄役預けとなった。

シーボルトに奉行所の手が伸びたことは出島内を騒然とさせた。其扇はイネとともに出島から立ち退くことを命じられた。

シーボルトと別れを惜しむ時間も与えられなかった。

其扇は役人に急かされ、イネを胸に抱き、わずかな身のまわりの品だけを持って出島の表門へ向かった。シーボルトは見送ることさえ許されなかった。

表門を出る時、イネと一緒に振り向いた其扇は目に涙をためて、

「旦那様、またお会いしたかとです」

とシーボルトの無事を祈った。

イネは空を見上げた。この日、長崎の空は雲ひとつなく晴れ渡っていた。


江戸では雪が降っていた。

美鶴は部屋で琴を弾いている。

駒次郎が町奉行所に連れていかれて以来、長崎屋は重苦しい空気に包まれていた。源右衛門の取り調べ、駒次郎の逮捕と災厄が相次ぎ、長崎屋のひとびとは前途に光明を見出せなかった。

美鶴はひとりになると琴を爪弾いた。

琴の音色が心を落ち着かせた。

琴を弾けば丈吉に会える、という思いもあった。

この日も、弾き始めると同時に、庭先にぼんやりと何かが浮かぶのが見えた。丈吉だと

はっきりわかるわけではない。

ただ、そこに何かがいる、と感じるだけだ。空から吹き下りてくる風のようなものと言えばいいのだろうか。

美鶴は胸の中で問いかける。

——どうして

庭から答えが返ってくる。

——何がですか

——どうして、こんなに、いろいろなことが起きるの

——いろいろなこと？

——会津屋で番頭が殺されてから、丈吉さんが亡くなって、大通詞の清左衛門さんも殺された。それから、今度はシーボルト様に日本の地図が渡った騒動に巻き込まれて、お父っつぁんが調べられ、駒次郎さんは牢に入れられた

——美鶴さんたちはオランダ宿の娘だから

——オランダ宿の娘だとなぜ、こんなことが起きるの

——オランダ宿はこの国と世界の国を懸命につないできたから。美鶴さんとるんさんはカピタンに手紙を出しました

──手紙を出してはいけなかったの
──いいえ。ひとがひとに手紙を出すのはおたがいを大切にするから。たとえ一度でも他の国のひとに手紙を出せば、おたがいを大切にすることが始まる。手紙でつながった心はいつまでも通じ合う
──それはいいことよね
──そう、いいこと。だけど、そうさせたくないと思うひとたちがいる
──誰なの
──ひとの心が通じ合わない方が都合がいいひとたち
──でも、ひとの心は通じ合うはずよね
──通じます。たとえこの世と死んだ後の世界に分かれても。わたしはもう美鶴さんと話ができなくなるけど、心は永遠に通じ合っている。だからさびしく思わないでください。わたしもさびしくはないから
──もう話ができなくなるの？
──いつまでもこの世にいるわけにはいかないんです
──待って……丈吉さんおぼえていますか、初めて会った時、長崎でオランダ冬至を祝いたいって言ったことを。最後に言わせて
──あの言葉にふさわしい季節ですね

――プレティゲ、ケルストダーゲン

――プレティゲ、ケルストダーゲン

美鶴は無心に琴を弾き続けた。胸の中に聞こえていた丈吉の声はしだいに遠ざかっていった。美鶴の目からとめどなく涙が流れ落ちていた。

プレティゲ、ケルストダーゲン。メリークリスマス、楽しいクリスマスを。それがふたりの別れの言葉になった。

雪は降り続いている。

十二月二十四日、シーボルトは長崎奉行所に呼び出されて取り調べを受けた。すでに捕らえられ入牢していた吉雄忠次郎も引き出され、訊問された。

二十六日には鳴滝塾にも探索の手がおよんだ。シーボルトの江戸参府に同行して資料収集に協力した塾生三人が取り調べの上、町預けになった。

この際、葛谷新助とシーボルトの指示に従って写生を行ってきた絵師川原慶賀も召し取られ、入牢を申しつけられた。

新助は顔をこわばらせて牢に入った。囚人たちの間に身を置きながら、

(この牢から出ることはできるのだろうか)

と不安だった。何より恐れていたのはシーボルトに指示されて行ったことが奉行所に露見することだった。

あの『江戸御城内御住居之図』、『江戸御見附略図』、『武器武具図帖』の整理だ。

新助は、江戸城の見取り図を見た者はどうなるのだろう、と恐ろしさを感じながら図面にローマ字を書きこんだのだ。

（あの時、断っていれば）

新助の胸にまた後悔が湧いてきた。


二十八日、シーボルトは商館長メイランの前で二十三カ条にわたる訊問書を手渡された。

高橋作左衛門宛ての書状を誰に頼んで送ったか、など細々とした内容だった。

訊問の文をオランダ語に訳し、回答を日本文に訳すのに手間取った。そのためシーボルトが答弁書を長崎奉行所に提出したのは、翌文政十二年一月五日と遅くなった。

この間にシーボルトに関わった者の入牢は二十三人まで増えた。しかも、シーボルトの家からは土生玄碩から贈られた葵紋附きの帷子《かたびら》も発見され、取り調べは一層、厳しくなっていった。

シーボルトは監視下に置かれ、家に逼塞《ひっそく》し、しだいに痩せていった。

一月十六日には其扇までが奉行所の白州に引き出された。

其扇は出島を出た後、抱え主である寄合町の引田屋に引き取られていた。其扇は白州に引き据えられると恐怖で震えた。顔から血の気が引き、赤い唇も乾いて色を失った。

「シーボルトと近しき者の名を有体に申せ」

役人が厳しく訊問すると、

「あたきはなんも知らんとです」

其扇はかすれた声で答えた。

「その方、シーボルトとともに暮らしておったのであろう。訪ねてきた者を知らぬわけがあるまい」

「お顔は見たこつありますけんど、通詞の方やら、鳴滝塾のお弟子さんやらわかりますばってん、名前は聞いちゃおりまっせん」

「訪ねてくる者の名も知らぬはずはない」

「あたきは遊女でござりますばってん、お客がどこのどなたさんやら詳しゅうは聞かんちゅうのが遊女の心得じゃと思うとりますばい」

其扇はきっぱりと言った。その言葉つきで白州で震えている女がシーボルトの不利になることを話すまいと意を決しているのだ、と役人は察した。

(不埒《ふらち》な女だ)

叱りつけようとして、ふと白州の片隅に、其扇に付き添ってきた町役人と子供を抱いた小女がいるのに気づいた。

子供は其扇とシーボルトの間にできたイネである。イネは青みを帯びた瞳で白州の母親を見つめている。

「その方、はきと答えねば、あそこに控えるシーボルトの子を奉行所に留め置くやもしれんぞ」

其扇の顔が青ざめた。

「申し上げますけんこらえてくんしゃい」

と言って、其扇が話したのは、通詞の吉雄忠次郎、鳴滝塾の塾生高良斎ら奉行所がすでに捕縛している者の名だけだった。

其扇はおびえながらも頑強にシーボルトを守ろうとした。

牢屋の中で葛谷新助はひどく咳き込んでいた。もともと体は強くなかった。それだけに厳しい取り調べの日々が急速に体力を奪っていた。白州に呼び出されない時は、いつも牢の格子に寄りかかって過ごすようになっていた。

飯もほとんどのどを通らない。

(このままでは死んでしまうかもしれない)

そう思ったが、生き続けようという気力が湧いてこなかった。

江戸城の見取り図に関わったことが明らかになれば、死罪か永牢になるのは間違いない。罪状が確定すると、妻やわが子、親戚にも迷惑がかかってしまう。裁きが出る前に死んだ方がいいのではないか。そう思えて仕方がなかった。

江戸へ出て間もなくのころ、長崎屋の入り婿になろうとしていた時のことをふと、思い出した。隠し子がいると知られて話は駄目になったが、あのまま、長崎屋の婿になっていたらどうなっていたのだろう。

そこまで考えた時、るんの婿になった駒次郎も入牢したと聞いたのを思い出した。

(そうか、所詮、同じ結果だったのか)

新助は自嘲した。長崎で蘭学を学ぶという明るい道を歩んでいたのが嘘のように思えた。あのように、もう一度、何もかも忘れて勉学できるなら……。

新助は格子に寄りかかったまま、意識が薄れていった。

――お父上

女の子の声が聞こえたような気がした。

江戸では高橋作左衛門に対して取り調べの厳しさが増した。

作左衛門は訊問がしだいに身辺におよぶにつれて、

――これは、どうしたことだ

と青ざめていった。

吟味役は作左衛門に、

「その方、配下の下河辺林右衛門の娘を妾といたし、囲いおるはいかなる所存か」

と詰問した。

作左衛門はシーボルトに日本地図を渡したことが国禁にふれるとは承知しており、糾問されれば、クルーゼンシュテルン著の『世界周航記』を手に入れるためで、それが国益になるとの考えがあってのこと、と胸をはって弁明しようと思っていた。

ところが私生活の秘事を突かれれば、弁解のしようもなく、うなだれて一介の罪人のようになるほかなかった。

さらに作左衛門は、出入りの者の妻との不倫という事実もあばかれ、

——身持《みもち》よろしからず

と罪状が増えるにつれ、意気は消沈して自らの立場を主張する気持を失っていった。

権力を持つ者にとって都合の悪い事件が起きた時、一見、関係なく見える事件を作りあげて、権力者に累がおよばないようにする解決の方法が取られる。

作左衛門は学者として過ごし、ひとから尊敬されこそすれ、これまで荒い言葉をあびせられたことはなかった。それが一転して獄舎につながれ、早朝から深夜におよぶ過酷な取り調べを受けるようになったのだ。

作左衛門は蜘蛛《くも》の巣に捕らえられた蝶のようにもがく力さえ奪われていった。

拷問まがいの吟味の後では、立って歩くこともままならず抱えられて牢に戻った。ともに調べを受けている息子の小太郎がしだいにやつれていくのを見ては気持をより暗くさせた。

作左衛門にとって、シーボルトとの一件は学問の充実のために身を犠牲にした、学者の良心に基づく行いのはずだった。

それが、なぜこのように薄汚れていくのか。

牢屋に横たわっていると時おり、間宮林蔵の顔が浮かんだ。

林蔵は、自ら踏査した蝦夷の地図や『東韃地方紀行』がシーボルトの手に渡ったことを承知しているはずだ。

（あの男もおのれの業績をシーボルトに知ってもらいたいと願ったのだ）

それが、探検家としての素直な気持だ。

そう思ったからこそ、作左衛門はシーボルトからの贈物を林蔵に届けたのである。

林蔵は、シーボルトに自らの業績を知られて満足しただろう。しかし、同時にシーボルトと関わることの危うさを察知して逃げたに違いない。

林蔵とは逆に、事件が発覚し取り調べを受けていた岡田東輔は自害した。

そのことを吟味役から知らされた時、作左衛門は衝撃を受けた。東輔が死なねばならない理由がどうしてもわからなかった。

(なぜ、あの男は自害しなければならなかったのだ。あの男に死を考えさせる何があったというのだ)

その疑問が湧いた時、作左衛門は、

(この事件の裏にはわしの知らないことがあるのではないか)

と思い至った。林蔵はそれを知っているのではないか。

二月に入ると作左衛門は衰弱《すいじゃく》し、病人同様になった。召し取られてからすでに四ヶ月がたっていた。垢《あか》にまみれ髪は白くなり、痩せ衰えた作左衛門は別人のように見えた。

それでも取り調べは続けられた。吟味役人の問いかけに、満足に座れなくなり横になったままで作左衛門はあえぎながら、わずかに口を動かしたが、何と言っているのか聞きとれなかった。

作左衛門は数日前から食事ものどを通らなくなっており、溜《ため》に移すことも検討されていた。

溜は浅草と品川の二か所あり、囚人が重病になった時、一時的に預けられる場所である。毎朝、町医が巡回して薬を与えるが、病人ばかりが狭い部屋に押し込められ、悪臭が漂う環境だった。

二月十六日朝六ッ（午前六時頃）――

牢役人が朝の見まわりを行い、牢内で横たわっている作左衛門に声をかけた。しかし、作左衛門はぴくりとも動かなかった。

不審に思った牢役人が牢内に入って体にふれてみると、すでに冷たくなっている。牢役人の報せで獄医が呼ばれたが、作左衛門が息を吹き返すことはなかった。

作左衛門が急死したことで、評定所では対策を協議した。

作左衛門の罪がまだ決まっておらず、シーボルトはじめ関係者への取り調べも続いているだけに、死亡によりお咎めなしとするわけにはいかなかった。

そこで、事件の裁決が行われるまで死骸は保存されることになった。

二月十八日、御目付本目帯刀が作左衛門の死骸を検分したうえで、塩漬けにせよと指示した。

この処置は十九日に行われた。口などから体内にも塩を詰め込まれた作左衛門の死骸が、塩で満たされた大きな甕《かめ》に入れられた。

甕は浅草の溜に置かれ、番人がついて、時おり、死体検分も行われた。

このようにして、作左衛門は死後もなお罪人としてあつかわれた。

五

「なんてひどいことを」

　作左衛門の死骸が塩漬けにされたと聞いて、るんは唇を震わせた。

　長崎奉行所の牢内で新助が死んだことも長崎屋に伝わっていた。るんは、見合いに来た日の新助を、長崎に向かうため日本橋で別れた新助を、さらにはシーボルトとともに江戸に来て晴れやかな顔をしていた新助を思い出した。

（なぜ、あのひとたちが死ななければならなかったのだろう）

　震えは全身へと広がった。

　源右衛門はその後、奉行所に呼び出されることはなくなっていたが、過酷な調べが体にこたえて寝ついてしまった。

　連行された駒次郎は小伝馬町の牢にいることはわかったが、それ以外のことは伝えられていない。

　駒次郎はどのような目にあっているのだろうか。

　小伝馬町の牢屋敷は二千六百七十七坪で、およそ一町弱四方の四角な敷地である。

　牢は三方を土手に囲まれ、周囲には高さ七尺六寸の練塀がめぐらされている。練塀の上には囚人の逃亡を防ぐため忍び返しの鬣《たてがみ》が立っている。

獄舎は日の光は差さないし風通しも悪い。しかも多人数が押し込められるため疫病が発生しやすかった。

源右衛門が寝ついてから、おかつは看病にかかりきりで店の切り盛りは沢之助がやっており、るんは美鶴と行方の見えない相談を繰り返すばかりだった。

二月半ばだというのに雪が降った。

曇天が続き、冷え込む日が多いが、暦ではもう春だ。季節に遅れて雪が降るのも不吉なことに思えた。

るんは、ふと思い立って駒次郎の部屋から蘭鏡を持ち出した。黒漆の皿に雪を取り蘭鏡の下に置いた。縁側に美鶴を呼んで二人で蘭鏡をのぞいた。

雪の美しい結晶がよく見えた。

「きれいだね」

美鶴はつぶやいて、るんの顔をうかがうように見た。るんが、なぜ突然雪の結晶を見ようと思い立ったのかわからなかった。るんはもう一度のぞいた後、

「あのひとと去年の暮に蘭鏡で雪を見たのを思い出したの」

と言って、まだ雪がちらついている空を見上げた。

「あんな風にふわふわしている雪が、本当は結晶の形をしている。でもそれは蘭鏡で見なければわからない。ひとの心も同じだってあのひとは言っていた。あのひとのお父さんも

抜け荷の疑いをかけられたまま亡くなった。誰も本当の姿を見ようとしない。あのひとはいまごろ、牢屋でそう思っているに違いないわ」

「そうだね。お父っつぁんも駒次郎さんも間違ったことなんか何もしていないのに、ひどい目にあってる」

「高橋様だって、学問のためや、世の中の役に立とうとしてなされたことなのに、亡くなった後までむごい目にあわされている。それに――」

「それに？」

「遠山様が今度のことは、実は見取り図を取り戻すために仕組まれて、捕まっているひとたちは皆、その罪を背負わされているとおっしゃっていた。そんなこと許されちゃいけないと思う」

「でも、あたしたちには何もできないわ」

「だからね、明日から間宮様のところに、お百度参りのつもりで毎日うかがおうと思うの」

「いま、間宮様は江戸を離れているって、頼っても無駄だって言伝てされたでしょう」

「もう戻ってるかもしれないし、頼っても無駄ってわざわざ言ったのは、間宮様がやはり何か知っているということよ。遠山様がおっしゃった証がわかるのは間宮様しかいないと思う」

「それじゃ、あたしも行く」

美鶴が言うと、るんは頭を振った。

「二人で行くと目立ち過ぎる。それに時々、お役人が見まわりにくるから、あなたは店にいて、わたしが出かけていることが見つからないようにして」

るんは降ってきた雪を手のひらに受けた。清らかで汚れのない白く輝く雪片が舞い降りてきた。るんはつぶやいた。

――ik《イク》 hou《ホウ》 van《ヴァン》 jou《ヨウ》
駒次郎から教えられた言葉だった。美鶴が訝《いぶか》しそうな顔をした。

「えっ、何て言ったの」

「オランダ語でわたしはあなたが好きだと言ったの」

「いい言葉ね」

美鶴は声をつまらせた。丈吉のことを思いだしたのだ。

るんは美鶴を抱きしめた。

「イク　ホウ　ヴァン　ヨウ」

涙ぐんだ美鶴が懐から袱紗《ふくさ》を取り出した。

「姉さん、これ――」

美鶴は袱紗を開いて中の物を見せた。

二つの銀の指輪があった。ふたりが子供のころ、カピタンのブロムホフから贈物としてもらった指輪だ。

るんはひとつを手に取った。銀色の輝きは少しくすんで、鈍い色を放っていた。美鶴がもうひとつを取って、

「昔、カピタンさんは、物を贈るのは相手を大切に思う気持を伝えるためだって教えてくれた」

と言った。

るんは涙が出そうになった。

大切に思う気持を伝えることが大事なのだ、と思った。それがたとえどんなに困難なことだとしても。

翌日からるんは深川蛤町の林蔵の屋敷を訪ねた。

毎日訪れるるんに、女中は迷惑そうな顔を向けていたが、やがて事情を察したのか同情するようになっていった。るんが訪れると縁側に座るようにうながし、茶を出すようになった。

るんは、こうしている間にも林蔵が戻るのではないかと思い、女中と世間話をしつつ待ち続けた。しかし、林蔵はいっこうに戻ってこなかった。

三日がたち、七日、十日と過ぎて、三月に入っても林蔵が戻る気配はなかった。それで

もるんは通い続けた。

三月も半ばを過ぎ、作左衛門が牢死してからおよそひと月がたったころ、林蔵の屋敷から出たところで、人影を見た。

塀の曲がり際に誰かが隠れたのだ。るんは追いかけて角を曲がったが、誰もいない。路地をのぞきながら急ぎ足で歩いた。

町家が並ぶ通りに出るとひと通りも多い。どう探していいのかわからなかった。

気がつけば永代寺の近くである。人影を見た時、一瞬、林蔵ではないかと思ったが、それも疑わしいことのように思えた。

(気の迷いで誰かを見たと思い込んだのかもしれない)

るんはしかたなく本石町に戻ろうとした。その時、参詣客相手の茶屋の縁台に、羽織を着た町人が腰かけているのを見かけた。

贅沢な鉄錆《てつさび》色の絹羽織を着た町人である。茶碗を手にして、じっとるんを見つめている。浅黒い顔の目が鋭かった。

(会津屋八右衛門だ)

七年前、一度だけ会ったことがあった。

るんはゆっくりと歩いていった。

先ほど、林蔵の屋敷の前でるんにちらりと姿を見せたのは、八右衛門に違いないと思った。

るんが近寄ると、八右衛門は笑って言った。

「そんなところに若い女に立たれちゃ、往来のひとに何事かと思われます。こちらにお座りなさい」

七年前より、肩のあたりが丸くなったように見える。

不意にこの男が丈吉殺しの裏にいたのではないか、とるんは怒りが湧いた。

「あなたはどうして……」

丈吉さんを殺したのか、と問い詰めたかったが、それを言っても相手にされないことはわかっていた。るんは唇を噛んだ。

八右衛門は隣に座るよううながし、茶店の婆さんに茶を頼んだ。

「わたしが間宮様のところを訪ねているのを見張っていたんですか」

床几に座るなり、るんが切り口上で言うのに、八右衛門は前を向いたままうなずいた。

通りがかるひとに目をやっている。婆さんが茶を持ってきた。茶碗を口に運んだが、かすかな匂いで茶ではないことがわかった。

「これは生姜湯《しょうがゆ》さ。江戸というところは空っ風が吹いて、わたしのような船乗りあがりはすぐにのどをやられてしまう」

通りに目を向けたまま寂びた声で話を続けた。

「去年、長崎屋の沢之助とかいう男をさんざん脅しといたんだが、しかし、どうも聞いてもらえないようだね」

るんは頭を振った。

「わたしたち、あなたがたのことを話していません」

八右衛門の顔に嘲笑が浮かんだ。ゆっくりと、蒔絵《まきえ》を施した煙草入れから銀煙管を取り出す。竜が彫り込まれた高価そうな煙管だ。

「だったら、なぜ間宮林蔵を何度も訪ねているんだね」

「わたしは間宮様にほかに訊きたいことがあったのです」

「ほう、ほかのこととは何です」

「それは──」

その時、るんは気づいた。八右衛門たちが、これほどしつこく長崎屋に関わるのは理由があるのだ。

「まさか、あなたたちが」

「わたしたちがどうしたというんです」

八右衛門は何気ない物言いで訊いた。鷹揚《おうよう》ではあるが、凄みのある声に危険なものを感じたるんは顔をそむけた。

「いえ、何でもありません」

「何でもないことはないでしょう。言いたいことがあれば、はっきり言えばいい。ひょっとしたら、わたしはあなたの役に立つかもしれませんよ」

「わたしの役に――」

「あなたがいま願っているのは、ご亭主を小伝馬町の牢から出すことだろう。わたしなら、少々やりかたが荒っぽいかもしれないが、ご亭主を助けることができる」

八右衛門は落ち着いた様子で言う。

(この男の言うことは信じられない)

るんはうつむいたまま返事をしなかった。その様子を、蛇のように冷酷な目で見て八右衛門は口をゆがめた。

「なるほど、何も言いたくないなら、言わないでいい。しかし、こうしている間にも、ご亭主は牢屋で苦しんで、明日にもこの世とおさらばかもしれない。助けられるのはあなただけなんですがねえ」

るんは膝の上で手を握り締めていた。八右衛門の言う通り、このままにしていたら駒次郎は死んでしまうに違いなかった。

駒次郎を救うためなら何をしてもいい。覚悟を決めて言った。

「あなたがたはシーボルト様が江戸参府のおりに、秘密を守る口封じのためにお城の見取り図を渡したんです。だけど、シーボルト様は帰国されることになったから、見取り図を持ち出させないために手を回してシーボルト様を捕まえさせた。そして見取り図を渡した罪を高橋様たちに押しつけたんです」

るんは顔を上げて八右衛門に目を向けた。

八右衛門は生姜湯をずずっとすすった。

「よく気がついた」

「じゃあ、やっぱりあなたがたがやったんですね」

「御文庫から見取り図を持ち出したのは岡田東輔というこの間、自害したやつだ。岡田東輔は誰に命じられたのか言うこともできずに腹を切った。気の小さい男だ」

八右衛門はそう言うと、手で玩《もてあそ》んでいた銀煙管をくわえて煙草盆の火を吸いつけた。

「わたしは知っていることを話しました。駒次郎さんを助けてくれる、というのは本当ですか」

八右衛門は煙管をぽんと灰吹きに打ちつけて、

「あんた、切り放しって知っているか」

と、あたりをうかがいながら言った。

「切り放し？」

「小伝馬町の牢屋敷は火事が迫った時は罪人を牢から出す。これが切り放しという御定法だ。無論、奉行所か回向院に戻らなけりゃいけないが、牢を出てしまえば、後はどうにでもなる」

切り放しは、明暦三年（一六五七）の大火の際に囚獄（牢屋奉行）の石出《いしで》帯刀《たてわき》が自らの責任で囚人たちを解放し、火が鎮まった後、下谷の寺に集まるよう命じたのが、初めだと言われる。

切り放し後、三日以内に定めの場所に来れば罪一等を減じられるが、逃亡すれば死罪である。明暦の大火の際にはひとりを除いて、皆、定めの場所に集まり、寛文七年（一六六七）の場合には残らず立ち帰った。

明暦の大火以来、天明六年一月の火事まで合わせて十二回の切り放しが行われていた。

「そんな、火事なんて、いつあるかわからないのに」

るんはそこまで言って、あっと口を手で覆った。八右衛門は火つけをして、駒次郎を牢から逃がすと言っているのだ。

「牢を出られたとしても一生、逃げ回らなきゃならない」

「長崎に逃げ戻ればいい。江戸から遠い長崎のことだ。どうとでもなる」

八右衛門は平然と言った。

引きしまった口もとが意志の固さを示している。この男はどんな事でも一度こうと決めたらやりとげずにはおかないだろう、とるんは思った。

八右衛門は立ち上がると、茶代を置いた。

「明日四ツ（午前十時頃）、神田佐久間町の材木河岸に来い。それまでに腹をくっておくことだな」

そう言い残して、永代寺の方角に去っていった。

六

その夜、るんは寝つけなかった。

妙心尼の話が思い浮かぶ。

妙心尼は悲しんだ女の念が火事を起こすのだ、という。だからるんに悲しみの心をいっぱいにしてはいけないと言った。るんは子供のころから火事の話を聞くのが怖かった。怖いと思う心のどこかに、火事の話に惹きつけられる自分がいるようで恐ろしかった。

八右衛門の誘いにのりそうな自分の心を抑えられないのではないか、そう思ってぞっとした。

（そんな恐ろしいことができるわけがない）

自分に言い聞かせるのだが、それでも駒次郎を救いたいという思いからは逃れられなかった。

お上のむごいやり方で、高橋作左衛門は死んでも葬式すら出してもらえないでいる。このままでは駒次郎も同じような目にあうに違いない。

るんは一睡もせずに夜を明かした。

朝になっても、朝食の支度もせず、ただぼんやりと庭を眺めていた。傍らに来た美鶴から、

「どうしたの、きょうは間宮様のところへ行かないの」

と訊かれてはっとした。きょう、八右衛門が何か連絡をしてくるはずだった。

ふらりと立ち上がった。行かなければ、と思った。どんな恐ろしいことになっても、駒次郎を助けたかった。

――姉さん
美鶴が呼びかける声にも振り返らず、るんは何かに憑かれたように長崎屋から出た。

長崎屋の前に妙心尼が立っていた。

「妙心尼様――」

るんはどきりとして目をそらせた。妙心尼は微笑んだ。

「ひさしぶりにおかつちゃんと話がしたくてね。あなたはお出かけですか?」

「ええ、ちょっと」

目を伏せたるんの顔をじっと見つめていた妙心尼が、

「るんさん、あなた――」

何か言いかけるのを振り切るように、

「すみません、急ぎますので」

言い捨てると、るんはそのまま急ぎ足になった。

神田佐久間町は材木商が多く並び、町名も材木商人佐久間平八《さくまへいはち》に由来する。神田川の河岸は関東一円からの米、材木の荷受け場所が多い。町に入ると木の香が漂う。西北の風が強く吹き、川面に小波が立っている。

この町は駿河台から吹き下ろす風と海からの風がぶつかる吹き溜まりだ。

しかも材木置き場があるため、小さな火事でも一旦火がつくと思わぬ遠くまで燃え広がる。度重なる火事で焼け出された江戸のひとびとは佐久間町を、

──悪魔町
などと呼んだ。

るんが河岸に着いたころ、荷降ろしの舟や人足たちが往きかっていた。

あたりを見まわすが八右衛門の姿はない。

しばらく歩くうち、後ろに近づいてきた男がいる。月代がのび、赤黒く日焼けした着流しのやくざ者だった。

男は近づくとにやりと笑って片袖をまくった。腕には海蛇の刺青があった。

「こっちだ」

るんを従えてひと通りを抜ける。伏見屋という材木商の裏手に材木が積まれ、所狭しと立てかけられていた。その陰に八右衛門が立っていた。まわりに手下らしい男たちがいる。

「よく来たな。どうやら決心がついたようだ」

るんが黙っていると、八右衛門はついてくるよう、うながしながら、

「知っているか、ここに火をつければあっという間に小伝馬町まで燃え広がって、すぐにあんたの旦那も切り放しになるだろう」

と言った。

「やはりそんな恐ろしいことはできないと言いに来たんです」

八右衛門の目が一瞬、光った。

「いまさら遅い。火つけをしないというのなら、ここで死んでもらう。あんただけじゃない。駒次郎が戻れば長崎屋の者は皆死んでもらうしかない」

と憐れむように言う。やくざ者が懐から匕首を抜いた。まわりの男たちもじりっと、るんに近づいた。

るんは恐怖で足が凍りついたように動かなかった。

──殺される
駒次郎に、そして源右衛門やおかつ、美鶴にもう二度と会えない。るんは悲鳴をあげた。

「助けて──」

やくざ者が舌打ちして、飛びかかろうとした瞬間、立てかけられていた材木がぐらりと揺れた。

火の玉が空中を走った。材木を縛っていた荒縄が燃えている。材木の後ろで炎がぱっと立った。

「どうしたんだ」

八右衛門があたりを見回した。風にあおられて材木の上を吹き上がるように炎が走っていた。

荒縄が焼き切れ、材木が次々に倒れてきた。やくざ者があわてて飛び退いた。その間にも炎が材木の上を燃え広がっている。

凄まじい火炎の勢いだった。

「その女は放っておけ、火に囲まれないうちに逃げろ——」

八右衛門は怒鳴って、神田川の方角に走り出した。

るんも逃げようとしたが、材木が倒れてきて逃げ道をふさいだ。火の粉が舞い上がった。煙があたりに立ち込め始め、半鐘《はんしょう》が打ち鳴らされていた。

——火事だ

ひとびとの叫び声が響いた。るんは袖で口を押さえた。幼いころから繰り返し怖さを教えられてきた火事だ。いまにも火に巻かれそうで、恐怖に体が震えた。

逃げ道を探す間に熱気と煙で息苦しくなり、咳き込んだ。気が遠くなって倒れそうになった時、誰かの手がるんを支えた。

「大丈夫だよ」

やさしい声だった。るんは温かいものに包まれて気を失った。


「姉さん、姉さん」

るんは美鶴の呼ぶ声で気がついた。るんは長崎屋の奥座敷に寝かされていた。美鶴の傍らにおかつと源右衛門、妙心尼がいる。

「わたし、どうして」

るんがつぶやくと美鶴が言った。

「姉さんは気を失ったまま駕籠に乗せられて帰ってきたの。店の前で妙心尼様が気づいてくれて」

妙心尼が微笑んだ。隣でおかつが気ぜわしげに訊いた。

「気がついて、よかった。早く逃げなきゃって、皆で相談してたとこなんだよ」

「逃げる？」

「聞こえないのかい、あの半鐘が。神田佐久間町あたりから火が出て燃え広がっているんだよ。あの火の勢いじゃ、このあたりまでやられてしまうよ」

るんは片手をついて、起き上がった。表から、ひとびとが逃げ惑う喧騒が響いてきた。源右衛門は店を気にしながら言った。

「いま沢之助が小僧に蔵の物を運び出させている。このままじゃ、このあたりも火の海になって蔵も焼け落ちるだろう。大川の向こうに逃げるしかない」

長崎屋が火事にあって、真っ先にしなければならないのはオランダ使節からの献上品を守ることだった。

るんは、はっとした。駒次郎が切り放しになって逃げて来るはずだ。

「みんなは逃げてちょうだい。わたしはここにいなきゃいけないから」

「姉さん、何を言うの」

美鶴がるんの肩に手をかけた。

「逃げられない。あのひとがここに戻って来る」

「駒次郎さんが？」

「会津屋八右衛門は火をつけて駒次郎さんを切り放しにするつもりだった。わたしが断ると、あいつらはわたしを殺そうとした。そうしたら火が出て——」

るんは気がついた。あの時、八右衛門たちは火をつけなかった。なぜ火事が起きたのだろうか。るんは妙心尼の顔を見た。

「妙心尼様はおっしゃいました。悲しんだ女の念が火事を起こすと。この火事はわたしのせいなんでしょうか」

「いいえ、あなたのせいじゃない」

妙心尼はゆっくりと言った。その時、縁側にばたばたとあわただしい足音をさせて、沢之助が現れた。

「店の者は、もう逃がしました。旦那はんらも、はよう逃げとくれやす」

源右衛門は、おかつに支えられて立ち上がった。

「さあ、行くぞ」

しかし、るんは動こうとはしない。

「ごめんなさい。わたしはここで駒次郎を待ちます」

「何を言ってるんだ。ここにいたら、焼け死ぬだけだぞ」

源右衛門は弱った体を震わせて、大声を出した。

神田佐久間町から出た火は、西北の強風にあおられてまたたく間に武家地、町家に広がっていた。本町、石町、大伝馬町から小伝馬町まで炎は屋根伝いに広がっていく。往来は家財を抱えて逃げ惑うひとびとでごった返していた。

小伝馬町の牢屋敷では、火事が迫ったことから牢内の者たちの切り放しが行われようとしていた。

牢屋敷では遠近に関わらず、火事が起きると囚人を牢から出して縄をかける。さらに十人ずつ太縄を帯にしてつなぎ合わせ、牢庭に控えさせておく。揚屋の囚人も駕籠に乗せて牢庭に出す。

火事が牢屋敷におよぶと見れば、これらの囚人を町奉行所か回向院に連れていくのだ。その際は牢屋敷の役人が付き添い、突棒《つくぼう》、刺扠《さすまた》を持った張番人足がまわりを囲んで連行する。

しかし、火の回りがあまりに早いと切り放しになる。

駒次郎が牢庭に出されると、十日ほど前から揚屋に入れられた富源房《ふげんぼう》という山伏が近づいて、

「言った通り、火事になっただろう。切り放しになったら、長崎屋に走るんだ」

とささやいた。駒次郎はうなずいた。

逃げるつもりはなかったが、三日の余裕があるのなら、るんに会いたかった。

駒次郎は過酷な取り調べを受ける間に、生きて牢を出られないと覚悟するようになっていた。だから、富源房に火事が起きるかもしれないと聞かされてから、一目だけでもるんに会おうと決めていた。

牢庭から見える火勢は強く、今にも牢屋敷まで火の粉が飛んできそうだ。

「お切り放しを」

「お願え申します」

「切り放してくだせえ」

火におびえた囚人たちの間からざわめくような声があがった。牢役人はあわただしく駆け回っていたが、やがて、

「神妙にいたせ。只今より切り放しといたす。銘々、回向院へ参れ。逃げた者は必ず捕らえて、打ち首、獄門にいたすゆえ、心得よ」

と牢屋奉行が指図する声が響き渡った。

囚人たちは歓声をあげ、牢屋敷の門から走り出ていった。

この時、囚人の中にシーボルトに葵の紋服を贈った土生玄碩がいた。取り調べのために、すっかり痩せ衰えていた。火事での切り放し騒ぎも耳に入らないかのような虚ろな表情をしている。西洋の医術を取り入れるため、危険を冒してシーボルトに接触した結果、玄碩が得たものは過酷な取り調べだった。

不意に玄碩の表情が変わった。

「火事か」

牢屋敷に迫る火事にようやく気づいてわれに返ったのだ。玄碩は憑かれたような目で火の手を眺め、

「燃えろ、何もかも燃えてしまえ」

と大声で怒鳴った。駒次郎はぞっとした。玄碩の声にシーボルト事件で捕らえられた

人々すべての怨念がこもっているような気がした。

玄碩は葵の紋服に関わる罪状だけに切り放しとはならなかった。縄をかけられ、よろよろと歩いて、そのまま回向院へと護送されていった。

駒次郎はそんな玄碩を見ながら、囚人たちとともに牢屋敷を出た。近くの武家屋敷の屋根から炎があがり、往来に火の粉が飛んでいた。


るんはなおも長崎屋から動こうとしなかった。源右衛門はあきらめたように、

「駒次郎を待つというのなら、しかたがない。わしらもここにいよう」

と言った。

るんは、源右衛門にすがった。

「お父っつぁんたちは逃げて。駒次郎さんはわたしひとりで待ちますから」

「そうはいかん。駒次郎もわしらの家族だ。家族のために皆で助け合ってこその長崎屋だ」

源右衛門が言い切って座敷に座ると、美鶴が微笑した。

「そうだよ、姉さん。みんなで駒次郎さんを待とう」

るんはうつむいて、何も言えなかった。

自分が駒次郎に会いたいため、皆を危ない目にあわせるのかと思うと辛かった。

妙心尼がふっとため息をついた。

「そうだね、家族はいつでも一緒にいなきゃね。わたしは家族と一緒にいられなかった」

自嘲するように言った妙心尼は、目を閉じて何事か祈った。その間にも火の手は長崎屋まで迫ってきている。


るんは立ち上がった。美鶴が驚いた。

「姉さん、何するの」

「表に行って、あのひとが帰ってくるのを待つわ」

「駄目よ。表は火事から逃げるひとが大勢いて物騒よ」

美鶴たちが止めるのも構わず、るんは店の外に出た。往来は避難するひとびとでごった返していた。

男たちが必死の面持ちで家族を守って逃げている。子供が泣き、女の悲鳴が響いた。家財道具を大八車に積んだ顔なじみの植木職人が通りがかって声をかけた。

「何していなさる。早く逃げなければ、このあたりはもうじき火の海ですぜ。それに小伝馬町の牢屋敷でも切り放しになったって言うし、悪い奴らが火事をいいことに何をしでかすかわからねえ」

駒次郎も切り放しになったのだろうか。切り放しになっていれば、必ず長崎屋に戻るはずだ。

そう思った時、るんは八右衛門の言葉を思い出してぞっとした。火事で駒次郎を切り放したうえで、長崎屋の者には死んでもらうしかない、と言っていたからだ。

(本当に八右衛門がやって来たらどうすればいいんだろう。いや、この大火事であの男たちも逃げるのに精いっぱいのはず)

駒次郎が長崎屋に来たら、一緒に回向院へ行こう。そうすれば罪を減じてもらえる。遠山様に懸命にお願いしたら、駒次郎を戻してもらえるのではないだろうか。

るんは祈るような気持で混み合う通りを見つめていた。

その時、人ごみの中に探し求めていた顔がちらっと見えた。

——駒次郎さん
るんは履物が脱げるのもかまわず小走りに駆けた。駒次郎はひとびとをかきわけてるんの傍らに走り寄った。髷が振り乱れ、髭が伸びてやつれた顔だった。

るんは駒次郎に抱きついた。汗臭い体で着物も垢じみていた。駒次郎は顔をゆがめてるんを抱きしめると、

「るん——」

声を震わせて名を呼んだ。嗚咽が止まらなかった。外に出てきた沢之助が、

「駒次郎はんや」

と叫んだ。源右衛門たちも店の土間に出てきた。沢之助は急いでふたりを店に入れた。

「よかった。これで、みんな逃げられるぞ」

源右衛門が言い終わらぬうちに外から五、六人の男が土間に押し入ってきた。笠をかぶった男が、

「やっと来たな」

とほくそ笑んだ。

るんは悲鳴をあげた。八右衛門と手下だった。ほかに異様な男もいる。金糸の刺繡が施された裾の長い唐人の衣服を着た男。

駒次郎は男を見て、うめいた。

——鄭十官

長崎の唐人商人だった。

「まさか、おあつらえ向きに火事になるとは思わなかったが、おかげで手間がはぶけた」

八右衛門は、圧し殺した声で言った。

「わたしたちを殺すつもりですか」

るんが身構えて言うと、十官が前に出た。

「間もなくシーボルトは集めた物をすべて取り上げられてから追放になるだろう。お前たちの口を封じれば、われわれ海蛇《ハイシェ》のことを知る者はこの国にいなくなる」

低く響きわたる声だった。駒次郎が吐き捨てるように言った。

「お前が海蛇《ハイシェ》の頭《かしら》だったのか」

「わしは鄭成功一族の末裔だ。清を倒し、明を復興するために密貿易をやっている。海蛇《ハイシェ》の秘密は守らねばならない」

沢之助が身を乗り出した。

「ここは長崎とは違うて、花のお江戸や。長崎屋の者が皆死んだら怪しまれんわけがおへん。お前らの仕業やといずればれよる」

「疑われるのはわしらではなく、その尼だろう」

八右衛門が皮肉な笑みを浮かべ、妙心尼を指さした。

「神田佐久間町の材木置き場から火が出た時、確かにその尼がいたぞ。火をつけたのはこいつだ」

皆が振り向いて妙心尼を見た。

妙心尼は無表情だった。しかし、見る間に笑いが小波のように顔に広がっていった。

ハハ、ハハ、ハ

妙心尼は突然、高笑いした。

「おかほちゃん――」

おかつが悲鳴のような声をあげた。妙心尼はおかつを振り向いて言った。

「おかつちゃん、ごめんね。この間は、火つけの噂を心配して、るんさんたちに様子を見に来させてくれたね。だけど、この間の火事も火をつけたのはわたしなんだよ。ずっと昔の火事もね」

「昔の火事って、まさか」

「わたしの家が焼けた時さ。あれはわたしが火をつけたんだよ」

「そんなの嘘だろ」

おかつが叫んだ。

「わたしは子供のころから妙な力があってね。家にも居づらくなったんだよ。それで家出したんだけど、しばらくして戻ってきたのさ。家の様子をのぞいて見たら、わたしがいなくても楽しそうにしてるんだよ。それが憎くて、悲しくてね、気がついたら火をつけてた。家族みんな死んでしまった。わたしも死のうとしたんだけど、死にきれないで尼になったんだよ」

「妙心尼様――」

るんは胸が苦しくなった。

「だけどね。女の念が火事を起こすっていうのは、嘘じゃないよ。わたしはね、女が悲しい目にあった場所に行くと、なぜだかわからないけど、気がついたら火をつけてるんだよ。自分たちの力ではどうしようもないめぐりあわせで悲しい目にあった女は今までに何人もいた。長崎屋さんにもやってきた災厄と同じくらいにね。女の思いが炎になって江戸の町を焼くんだ」

「御大層な言い分だが、じゃ、何かい、その女を助けるために火をつけたっていうのか」

八右衛門が笑った。

「妙心尼様、本当ですか。わたしを助けるためだったんですか」

「そんなことはないよ。もともと火つけをする気で神田佐久間町に行ったのさ。そして、いつものように火をつけた。そうしたら、るんさんが煙にまかれて倒れているのが見えた。だから、駕籠に乗せて連れ帰ったんだよ」

妙心尼はそう言うと、ゆっくり前に出た。

「だけどね、こうやって火つけを続けていると、いい気分になるんだよ。だんだん自分が火を操れるような気がしてきてね」

妙心尼はふっと息を吐いた。八右衛門は気味悪くなって妙心尼から後退って、顔をしかめた。突然、十官が笑い声をあげた。

「お前が火つけだと言うのなら、お前に助けられた長崎屋の者も皆火つけの仲間というわけだ。この火事の中で死んでも自業自得というものだ」

妙心尼はおかつに顔を向けた。

「おかつちゃん、こんな奴らに構わず、逃げるんだよ」

おかつがうなずいて、源右衛門やるんをうながした。

「殺《シャーッ》せ」

十官が怒鳴った。

「大丈夫だよ、逃げられる。こいつらには、もうじき天罰がくだるからね」

妙心尼は上を向いた。黒木の梁《はり》がむき出しで見える。すでに白い煙が出ていた。焦げ臭い臭いはあたりに立ち込めている。

「十官殿、早く始末しないと、わたしらも逃げ遅れます」

八右衛門が気遣わしげに言った。十官が何事か命令しようと口を開きかけた時、妙心尼が笑みを浮かべながら上を指さした。

十官が見上げると同時に、梁が一瞬で真っ赤に燃えあがり、十官の上に崩れ落ちてきた。

――うわっ
梁の下敷きになって十官が悲鳴をあげた。

屋根はさらに崩れ、火の粉は飛び、燃え落ちてきた木片が散乱した。るんたちは必死で

戸口に走った。煙が立ち込め、戸口と崩れて穴が開いた屋根から凄まじい風が吹き込んできた。やくざ者が、

「こいつ、何をした」

と怒鳴って、跳びかかるなり、妙心尼の胸を匕首で刺した。妙心尼は匕首を胸に受けても、やくざ者の腕を抱え込んで放さなかった。

「放せっ」

やくざ者がわめいた。次の瞬間、土間を走った炎がやくざ者の着物の裾に燃え移った。悲鳴をあげたやくざ者が炎に巻かれて、土間に倒れた。屋根の火が柱にもまわったのを見て八右衛門たちは逃げ出した。

妙心尼の胸は血に赤く染まっていた。

「妙心尼様――」

振り向いたるんが絶叫した。

「早くお逃げ。わたしはここで死ぬんだから」

蒼白な妙心尼の顔には、この世のものとは思えない美しい微笑みが湛えられていた。

「逃げるんだ」

駒次郎が大声で叫んで、るんの手を引き、戸口から外へ出た。源右衛門たちも後に続いて外へ出た。

「おかほちゃん」

おかつが振り向いて叫んだ。しかし、妙心尼は燃え盛る店の中に立ちつくしたまま動こうとはしなかった。

長崎屋の屋根が大きく傾き、炎が噴き上がった。あたり一面、火の海だった。町家が次々に焼け落ち、炎はうねり、うごめき、屋根伝いにさらに燃え広がっていった。


この文政十二年三月の火災は、東は両国橋から、西は須田町、鍛冶町、西鎌倉河岸にかけて、南は佃島から新橋まで、南北十里余、東西二十町におよぶ大火となった。

焼失した家屋は、大名屋敷四十七、旗本屋敷九百四十七余、町家十一万八千余だった。このほか土蔵千六百三十、橋五十か所が焼失した。二十一日午前出火した火事は夜になっても燃え続け、翌朝になってようやく鎮火した。

翌日の昼過ぎになって、源右衛門たちは焼け跡の様子を見に戻ってきた。黒焦げになった焼け跡はまだ余熱が残り、かすかな煙が上っていた。

おかつは妙心尼の姿を懸命に探したが、どこにも見当たらなかった。

「丙寅の火事の時と同じだ。何もかも焼けてしまった。あの幔幕まで」

源右衛門はうめいた。

オランダ東インド会社の頭文字、〈VOC〉が描かれた幔幕は長崎屋の誇りだった。

おかつが、源右衛門を支えながら言った。

「大丈夫だよお前さん。あの時だって長崎屋は立ち直ったんだから」

「そうだ、あの時もそうだった」

源右衛門は自分を励ますように何度も首を振って、るんと美鶴を呼んだ。

懐から袱紗を取り出した。

「ブロムホフ様からお前たちに頂いた指輪だ。火事で焼いては申し訳ないと思って、持って出たんだ。これからはお前たちが持っていなさい」

「お父っつぁん、これをあの火事騒ぎの時に――」

「お前たちにとって、大切なものをひとつぐらいは守ってやりたかったんだよ。これぐらいのことしかできなかったが」

源右衛門は悲しげに言った。

「そんなことないよ。大切なものを守ってくれて嬉しい」

るんと美鶴は涙ぐんだ。源右衛門から銀の指輪を受け取って、るんは駒次郎に見せて微笑んだ。

「イク　ホウ　ヴァン　ヨウ」

ふたりは顔を見合わせて同時に口にしていた。その様子を見た沢之助が、

「間違いありまへん、長崎屋は立ち直るでげす」

と美鶴に笑いかけた。

美鶴も笑みを返して、受け取った指輪を沢之助に渡した。

「沢之助さん、お願いします」

沢之助は戸惑ったがすぐに、日ごろにない真面目な表情で指輪を美鶴の指にはめた。泣き笑いの顔になっていた。

七

シーボルトに対しての調べはその後も続いていた。

九月二十五日、長崎奉行所にシーボルトと商館長メイランは呼びだされ、長崎奉行本多佐渡守より、

「御国法を背き、御禁制之品々持越段不埒之事に候――」

として、

――以来国禁申付《もうしつく》
と申し渡された。国禁とは、〈日本御構《おかまえ》〉、すなわち国外に追放し、再び日本に来ることを永久に禁じる処分だった。

十二月五日、シーボルトはオランダ船で長崎を離れ、帰国の途についた。

ようやく帰国の運びになったのだが、シーボルトの心は晴れなかった。日本の国禁を犯したことで、高橋作左衛門や岡田東輔らの犠牲者が出たと聞いて奥歯を嚙みしめた。

(わたしは罪深いことをした)

日本で行った調査は学問的な情熱に基づくものであったが、同時にヨーロッパに極東の島国を初めて詳しく報告するという功名心もあった。

(自分の功績のために事件に連座して捕らわれたひとびとを生贄《いけにえ》にしたのだ)

シーボルトには忸怩《じくじ》たる思いがあった。

高橋作左衛門の神経質そうな顔が浮かんだ。さらに吉雄忠次郎の真面目な、そして葛谷新助のどこか不安げな顔。皆、さぞかし自分を恨んでいるだろう。

大切な其扇とイネ。国禁を犯した政治犯として日本を去った後、二人に降りかかる苦難を思うと、夜も眠れなかった。

師走の冷たい風が吹きつける日だった。

シーボルトを乗せたハウトマン号は、早朝にともづなを解いて港口の小瀬戸《こせど》にさしかかった。その時、小瀬戸から一艘の漁船が漕ぎ出てきた。役人の目を憚って、ハウトマン号を遠望しつつ進んだ。

漁船からは数人の男がしきりに手を振っている。舷側に出たシーボルトは、漁船に乗っているのが弟子たちであることを見て取った。弟子たちの中に女の姿があった。

イネを抱いた其扇だった。遠くて、二人がどんな表情でいるのかわからなかった。シーボルトは懸命に手を振った。声を限りに、

「二人のことを頼みます。わたしだと思って二人を守ってやってください」

と叫んだ。シーボルトの声は潮風にかき消されそうになりながらも、漁船まで届いた。

其扇は泣きながらイネを抱きしめた。イネは遠ざかっていくハウトマン号を見つめながら、

「オトシャマ」

と声を発した。

そのころ、江戸城内老中執務室控えの間で、遠山金四郎が松平康任の前で膝を正していた。金四郎が人払いを求め、ふたりだけだった。

康任が迷惑げに言った。

「遠山、話とは何じゃ。小納戸役の身で推参であろう」

金四郎は手をつかえ、深々と頭を下げた。

「ご無礼仕りまするが、実はさるところより松平様に関わりある話を聞き及びましてございます。それがし、このことを西の丸老中、水野忠邦様に申し上げねばなりませぬが、その前にお耳にと存じまして」

「わしに関わりのある話だと」

康任の目がぎょろりと光った。金四郎はさらに頭を下げると、懐から紙袋を取り出して康任の膝前に置いた。赤丸のついた薬袋だ。

「なんだ、これは」

康任の声は震えた。

「されば、松平様にはこれをご存知でございましょうか」

「知らぬな」

康任は突っぱねた。金四郎は顔をあげるとにこりとした。

「それはようございました。松平様がこれをご存知なら、大変なことになるところでございました」

「なんだと」

「実は、これは――」

金四郎は声をひそめて、ある物の名を口にした。康任の顔がひきつった。

「その方、これを西の丸の水野殿に差し出すつもりか」

「さよう、今後のことがございますれば」

金四郎は意味ありげに言うと、康任の顔を見つめた。康任は金四郎を睨みつけていたが、やがて、がくりと肩を落とした。

シーボルト事件で最初に判決が決まったのは、葵の紋服を渡した土生玄碩だった。シーボルトが長崎を出て間もない十二月十六日、評定所において大目付村上大和守より改易《かいえき》という厳しい処分が下った。
高橋作左衛門らの判決が下されたのは、翌文政十三年三月二十六日のことである。作左衛門に対しては、
——存命に候得ば死罪被仰付者也
として、あらためて死罪を宣告した。
作左衛門の長男小太郎と次男作次郎は遠島、下河辺林右衛門は中追放。他の部下四人は江戸十里追放、江戸払、押込《おしこめ》などとなり、調べの途中に自害した岡田東輔は、屋敷開、扶持方召放とした。
長崎屋源右衛門に対しては不取締という理由により、
——五十日手鎖《てぐさり》
となった。手を合わせ瓢《ひょう》型の鉄製手錠をかけ、五日ごとにやってくる役人によって手錠を厳しく調べられるのだ。それでも駒次郎については、
——叱《しか》り置
という比較的軽い処分となった。シーボルト事件での関係者の処分は、この他長崎奉行、

大通詞、鳴滝塾の塾生など三十数人におよんだ。

長崎屋では、源右衛門が五十日の手鎖を終えて間もなく隠居すると決めた。火事で切り放しになった後、受刑を憚り、翌年一月に正式に駒次郎に跡を継がせるためだ。町預《まちあずけ》の形で長崎屋に戻っていた後、回向院に行った駒次郎は逃亡しなかったことが認められ、町預の形で長崎屋に戻っていた。


火災で焼けた長崎屋は再建され、再び商売が行えるようになっていた。

五月に入って木の香もかぐわしい長崎屋に訪ねて来た男がいる。

猿を肩に乗せた間宮林蔵だった。

「これは、間宮様」

駒次郎とるんは複雑な表情で林蔵を奥座敷に迎え入れた。シーボルト事件の時、林蔵の助けを得たかったが、林蔵は行方をくらませて姿を消していた。

ゆったりと座敷に座ると、出された茶を飲みながら林蔵は言った。

「去年は長崎に行っておったのだ。ひさしぶりに江戸に戻ったゆえ、お主たちに会っておこうと思ってな」

たまりかねたようにるんは訊いた。

「高橋様への御詮議が始まったころから長崎にお出でだったのでしょうか」

「いや、あのころは江戸にいた」

「どちらにいらしたのです」

「遠山様のお屋敷だ」

駒次郎とるんは驚きのあまり息を詰めた。林蔵が遠山景晋の屋敷に匿われていたとは思いもよらなかった。

「驚くことはあるまい。わしは勘定奉行所の普請役で遠山様の配下だ。シーボルトからの贈物を勘定奉行所に届けたのも遠山様の御指図だ」

「なぜ、そのようなことをなさったのでございますか」

駒次郎が訊いた。

「わしは会津屋八右衛門が浜田藩の財政を立て直すために抜け荷を行っていることを探っておった。ところが、奴らはシーボルトに正体を知られたことから、御城の見取り図を渡して口止めをした。見取り図を国外に持ち出そうとしたシーボルトを国禁違反の罪に落とし、見取り図を誰が渡したかばれるのを防ぐために多くの者を捕らえた。その手にのるわけには参らぬゆえ、身を隠したのだ」

淡々と林蔵は答えた。

「それではわたしが軽い処分になったのは」

「わしがお渡しした品を使って、金四郎殿が松平様に談判されたからだ」

「証の品があったのですか」

林蔵は、懐から紙袋を取り出して畳に置いた。赤丸の印がついた紙袋である。

「これは、テリアカではございませんか」

「そうだ、会津屋八右衛門が長崎から江戸に持ち込んだものだ。しかし、この薬には秘密がある」

「何なのです？」

「この中身は阿片なのだ」

「阿片――」

「テリアカにはもともと阿片が少量含まれておる。ところが、鄭十官が持ち込んだテリアカは阿片その物だった」

紙袋を見つめた後、駒次郎は目を閉じた。

「そうか、丈吉さんは三番蔵でテリアカを飲んだのか。それで、シーボルト様は鄭十官たちが阿片を使って、何かたくらんでいると気がつかれたのだ」

林蔵はうなずいた。

「わしは会津屋の番頭が殺された場所でこれを拾って、あれこれ調べてきた。鄭十官は、テリアカを装って阿片を売り広めようとしていたのだ。その売り込み先に狙ったのが大奥だというのだから重大事だ」

「大奥——」

「大奥の女房衆は薬好きゆえな。万能薬としてのテリアカの名を知っている。御老中の松平様が阿片のことをどの程度ご承知であったかはわからぬ。ただ、テリアカを上様に献上したのは確かだ。遠山様から阿片であることを知らされると松平様は青くなったそうだ」

「それで、わたしのご処分も軽くなったのですか」

「遠山様はお前ひとりを救いたくて動かれたのではない。奴らはシーボルトを一生牢から出さぬつもりだった。それではオランダとわが国の間が立ちいかぬ。それゆえ、遠山様はテリアカのことを暴くと脅して御詮議に幕を引かせたのだ」

「さようでございましたか」

駒次郎は呆然とした。傍らのるんは袖で目頭を押さえた。

「どうした」

思いがけないやさしさで林蔵は声をかけた。

「助けていただいて嬉しいのです。でも、葛谷様や高橋様のように亡くなられた方もおられます。どうしてこのような酷いことになったのかと思うと口惜しいのです」

るんが涙を流しながら言うと、林蔵は黙って目を閉じた。

「わしと高橋様は気が合わなかった。しかし、学問をめざす気持は同じだったと思う。ところが、高橋様は牢死され、わしは生き残った。世間では生き延びたわしが高橋様を陥れたと思うだろうが、それもやむを得ぬことだ」

「どうして、そうお思いになるのですか」

駒次郎が忌憚なく訊いた。

「高橋様を救おうとすればできたのに、そうはしなかった。自分が助かることを真っ先に考えたのだ。わしが東韃靼で学んだのはそういうことだった。命の危険がある時、自らの命を守るのが先決でひとを助ける余裕などない。それが恥ずべきことだとは思っておらん」

林蔵のきっぱりとした言葉を聞いて、るんはまた涙を浮かべた。

「正直に申しますと、長崎屋を騒動に巻き込んだシーボルト様や間宮様をお恨みいたしました。ですが、シーボルト様はこの国のことを海の向こうに広めようとされ、間宮様は海の向こうのことをこの国のひとびとに知らせようとなされただけです。おふたりともお役目を果たされました。長崎屋はおふたりを会わせるのが役目だったのだ、と思います」

「そうか、わしもシーボルトもそれぞれの役目を果たしたか」

林蔵は目を開けた。駒次郎はるんに顔を向けた。

「長崎屋は役目を果たした。そのわたしたちを守ってくれたのは妙心尼様だったような気がするのだよ」

「妙心尼様――」

「あのひとは火つけだったかもしれない。しかし、わたしたちを救うという役目をまっとうされたんだと思う」

妙心尼の最期の美しい笑顔をるんは思い浮かべた。悲しい運命に弄《もてあそ》ばれたひとだった。だからこそひとの悲しみがわかったのだろう。

美鶴と一緒に蘭鏡で雪を見た時、

(雪の結晶は見た目と違った形をしている。ひとの心も同じなのかもしれない。外から見ただけでは真の心を読み取ることはできない)

と思った。

シーボルトや林蔵のように、この国にとって異端であるひとの心を映し出す蘭鏡がオランダ宿なのかもしれない。

るんは毅然として林蔵に言った。

「わたしは、これからも長崎屋を守っていきます。それがわたしたちの役目だと思うのです」

会津屋八右衛門による密貿易が間宮林蔵の調べによって暴かれたのは、六年後のことである。

大坂町奉行所の役人が会津屋に踏み込んだ時、店にいた八右衛門はかねてから覚悟していたのか、驚いた様子もなく縄についた。

身辺に捜索がおよぶことを予測して、八右衛門は前もって妻を離縁し、子を養子に出し

ていた。平然としてお縄にかかると、町奉行所の調べに対して、

「すべて、わたしひとりで思い立ったことでございます」

と浜田藩との関わりを口にしなかった。しかし、店の番頭たちの供述から、会津屋の抜け荷の全貌《ぜんぼう》が明らかになった。竹島（現在の竹島ではなく韓国領鬱陵島《ウルルンド》）を拠点に密貿易を行い、台湾、安南《ベトナム》、呂宋《フィリピン》まで渡航して莫大な利益をあげ、浜田藩にも多額な運上金を差し出していた。

八右衛門は大坂町奉行所と江戸奉行所で尋問を受け、天保七年十二月二十三日、鈴が森で処刑された。

処刑された時も日頃と変わらぬ落ち着いた表情だった。

これに続いて浜田藩勘定方橋本三兵衛も死罪、浜田藩家老岡田頼母《おかだたのも》、年寄役松井図書《まついずしょ》は自害した。

幕府の筆頭老中だった浜田藩主松平康任は、天保六年、病を理由に老中職を辞し、藩主の座をも退いていたが、永蟄居となった。さらに、藩主になったばかりの康爵《やすたか》は陸奥国の棚倉へ国替えを命じられた。

浜田藩の密貿易を暴いた後、林蔵は黙然として江戸に帰った。

隠密としての働きを称賛されることはなく、シーボルト事件での密告者としての汚名だけがついてまわった。

林蔵は、世間に向かって何事も弁明しなかった。

（わしは見たままをひとに伝えたいと思った。シーボルトも同じことを考えたのだろう）

いまとなってはシーボルトを懐かしく思えた。

シーボルトは一八三二年（天保三年）に日本研究をまとめた『日本』の第一分冊を出版し、一八五二年（嘉永五年）まで二十年間にわたって二十分冊を刊行する。『日本』には高橋作左衛門の〈日本辺界略図〉の翻訳図が収められた。この翻訳図には、日本人の名が記された。

シーボルトは、日本で自分を拘束することになった事件の密告者の名を記すのにためらわなかった。

（彼の功績を伝えなければならない）

シーボルトは、事件を経てなお探検家としての男への敬意を失わなかった。ペンを持ち、慎重に記していった。

——Str. Mamia（seto）1808
間宮林蔵の名を〈日本辺界略図〉に書き入れたのだ。

間宮海峡の名が初めて世界に紹介され、林蔵の名はシーボルトによって不朽のものとなった。

ヨーロッパに戻ったシーボルトは、日本での研究成果を高く評価された。オランダ政府は日本から持ち帰った収集品をいったん買い上げたうえでシーボルトに託した。

シーボルトはライデン市に博物館を建ててこれを展示した。この博物館にはロシア皇帝アレキサンドル二世、オランダ国王ウィルレム二世、ドイツ国王フリードリヒ・ウィルヘルム四世が訪れた。

シーボルトはオランダ国王から爵位を授けられ、四十九歳の時に二十歳下の貴族の令嬢、ヘレーネ・フォン・ガーゲルンと結婚した。

しかし、シーボルトは日本に残してきた其扇とイネのことを忘れたことはなかった。

(長崎屋の源右衛門とおかつ夫婦、るんと美鶴のように仲の良い家族として暮らしたかった)

時おり夢を見た。

夢の中で、其扇、イネと長崎の町家で暮らしている。

シーボルトが幼いイネを肩車に乗せて其扇と三人で坂の多い長崎の町を散歩する。

其扇は本名をお滝といった。シーボルトは、お滝さんとうまく発音できず、

――オタクサ

と呼びかけた。それがおかしくて其扇もイネもくすくすと笑う。

ある日、其扇は近くの寺から持ち帰った紫陽花を花瓶に活けた。シーボルトは紫陽花を見て、其扇に似た控え目な美しさがある花だと思った。

「この花はあなたによく似ています。だから、あなたの名をつけましょう」

シーボルトが言うと、イネが首をかしげた。

「お母《か》しゃまの名？」

「そうだよ。これからこの花の名はオタクサと呼ぶのだよ」

シーボルトは、アジサイに Hydrangea Otakusa と学名をつけた。

Otakusa は、お滝さんを示した。深く愛した其扇の名をいつまでも忘れたくなかった。

イネは、シーボルトが大真面目な顔でオタクサというのがおかしいと笑い転げた。シーボルトと其扇も幸せそうに微笑んだ。

そんな夢を見た翌朝、シーボルトは目覚めて呆然とした。

自分にとって、日本に残してきたものがどれだけ大きなものだったか、と思い知らされるのだ。

ある日、シーボルトのもとへ日本から贈物が届いた。

其扇が思い出の品として長崎の漆工に作らせた香盒《こうごう》だった。

香盒は香料を入れる器だが、煙草入れとしてお使いくださいと手紙が添えられていた。

蓋《ふた》の表には其扇の姿が、裏には唐子髷《からこまげ》を結った幼い娘イネが描かれている。

長崎でシーボルトが絵師として雇っていた川原慶賀が描いた絵に螺鈿《らでん》細工を施したものだ。螺鈿細工は〈青貝細工《あおかい》〉とも呼ばれる。貝片を薄く削って箔《はく》を裏打ちしており、表面が虹色に輝く。

シーボルトは美しい其扇と愛らしいイネの顔に見入った。日本でのすべての思い出が、埋め込まれた螺鈿によみがえる。一滴《ひとしずく》の涙が、香盒に描かれたイネの顔に落ちた。

イネの瞳が青く輝いた。

了

参考文献

『江戸のオランダ人』（片桐一男・中公新書）
『京のオランダ人　阿蘭陀宿海老屋の実態』（片桐一男・吉川弘文館・歴史文化ライブラリー）
シーボルト『日本』（中井晶夫、斉藤信訳・雄松堂書店）1―3巻
『「株式会社」長崎出島』（赤瀬浩・講談社選書メチエ）
『シーボルト』（板沢武雄・吉川弘文館人物叢書）
『長崎オランダ商館日記』一―十巻（日蘭学会編・雄松堂出版）
『出島』（片桐一男・集英社新書）
『新・シーボルト研究Ⅱ「社会・文化・芸術」篇』（石山禎一、沓沢宣賢、宮坂正英、向井晃・八坂書房）
『東韃地方紀行他』（東洋文庫・平凡社）
『江戸の刑罰』（石井良助・中公新書）

解説

書評家
大矢博子

歴史小説や時代小説を語るときに「ここは史実ですよ」「これは創作ですよ」などといちいち解説するのは無粋だし、知っている人にとっては「何を今更」だろう。しかし本書『オランダ宿の娘』は、歴史的事件の陰でこれまであまり取り上げられることのなかった部分に光を当てており、その面白さと意味をご理解いただくためにも、野暮を承知で少しだけ紹介しようと思う。

本書の舞台となる阿蘭陀宿長崎屋は、寛永期から嘉永三年（一八五〇年）まで二百年以上に亘って、オランダのカピタン（商館長）らが利用した実在の旅宿だ。江戸の日本橋にあり、当主は代々、長崎屋源右衛門を名乗る。作中にもある通り大火事で数度の被害に遭い、オランダ商館からの援助を受けて再建されている。

当時は「異人に会える」ということで学者や役人だけでなく、一般の見物人も集まってきたという。鎖国下の日本にとって、〈江戸の出島〉とも言えるような場所だったわけだ。そこには交流も生まれ、文政二年に長崎屋の娘二人がカピタンのブロムホフに宛てた手紙も史料として残っている（ただし名前はるんと美鶴ではない）。

店舗はすでにないが、跡地は中央区の区民史跡となっており、新日本橋駅4番出口の脇にプレートも掲げられているそうだ。

物語の各エピソードはもちろん創作されたものだが、阿蘭陀宿長崎屋は実在した、ということをまずお含みいただきたい。物語は、長崎屋の娘がブロムホフに手紙を送った三年後から始まる。長女のるんは十五歳、妹の美鶴が十三歳である。

もうひとつの本書の核は、シーボルト事件だ。これが史実であることに説明は不要だろう。ものすごくざっくりまとめると、「オランダ商館付き医師であったシーボルトが日本地図や蝦夷地図を入手して持ち出そうとしたことが発覚し、当人は国外追放、彼に協力したとみられる日本人も多数処罰された」という次第。

しかしシーボルト事件の背景や詳細は判然としない部分も多く、今でもさまざまな研究や推理がなされている。その〈真相〉について葉室麟はひとつの見方を呈示しており、なるほどと膝を打つ。本書は殺人事件をはじめ、入れ墨をした謎の男たち、思わぬ場所に着地する絶妙な伏線など、ミステリとしての道具立ても謎解きもきっちりしたエンターテインメントだが、それとは別に〈歴史の謎〉を解く歴史ミステリでもあるのだ。
だが、シーボルト事件の謎を解くことが本書の最終目的ではない。ここでシーボルトがくだんの地図を入手したのが江戸滞在中であったことに留意されたい。つまり、長崎屋滞在中の出来事なのである。物語の最大のポイントは、はからずも商人の娘たちが、天下の一大事に巻き込まれてしまった、というところにある。

長崎屋の長女・るんはオランダ通詞を目指す駒次郎に、妹の美鶴はオランダの血を引く丈吉に、それぞれ恋心を抱く。ところが二人の想い人はシーボルト事件の中で災禍に遭うことになる。

ふたりが単なる〈恋する町娘〉なら、シーボルトを恨み、オランダを恨み、異人を恨むだろう。それで済ませることができる。けれど長崎屋は火事の度にオランダ商館に助けられた経緯がある。るんと美鶴はカピタンに指輪をもらった礼状を出し、そこには心のつながりが生まれている。事件が起きる前、異人目当ての野次馬が長崎屋に集まったときなど「カピタンさんを守らねば」と考えるような娘たちなのである。だとすれば、彼女たちの想いはどこへ行くのか。同じ女性として、私はそこに注目した。

そこで気づくのが、本書に登場する人々の「役目」である。
シーボルトには自分の役目があった。日本の法に照らせばそれは罪だったが、それでも彼にはやりたいことがあった。同様に、駒次郎も丈吉も、本書に登場する他の日本人たちもそれぞれに自分の役目を果たそうとしていた。間宮林蔵や遠山金四郎というメジャーな人物が物語の中でどう配置されているか見れば、それがよくわかるだろう。

そして長崎屋にも長崎屋の役目がある。武士ではない、一介の商人ではあるものの、そこには異国と江戸を繋ぐというとてつもなく大きな役目がある。

結果として罪になったとしても、自分の信じる道を貫き使命を全うしたという点では、武家も商人も日本人も異人も関係ない。そのさまざまな役目の交差点が長崎屋だ。交差点には交差点の役目がある。実在の事件、実在の人物、そして実在の旅宿を舞台にした意味はそこにあるのではないだろうか。

そして、るんと美鶴にも役目があるということに読者は気づくだろう。るんと美鶴は恋する女性であると同時に、二百年に亘って江戸と異国を繋ぎ続けて来た長崎屋の娘なのである。二人の想い人がともに、オランダと日本を繋ぐ仕事だったり、両国の血を引く出生だったりすることも暗示的だ。るんたちが恋に揺れ、大切な人たちを襲った災禍に心を痛める中で、徐々に「繋ぐ」という自分の役目に気づく過程は明日への希望に満ちている。

そう考えれば、歴史小説も過去と現代を繋ぐものだ。長崎屋がオランダと日本を繋いだように、小説はるんの時代を、るんの気持ちを、今の読者に繋いでくれているのである。

自らの役目を見定め、全うするという生き方は、葉室麟の直木賞受賞作『蜩ノ記』にも通じるテーマである。『蜩ノ記』も武士だけでなく、農民の子が自分の役目を懸命に果たそうとする姿が印象的だった。

身分や職業、国籍、性別。そういった区分けとは関係なく、人はだれも果たすべき役目を持っている。それにどう取り組み、どんな努力をし、どう全うするかこそが肝要なのだ。それこそが葉室麟の世界の根底に流れる主題なのかもしれない。

自分の役目は何なのか、あらためて考えさせられる作品である。私は作品と読者をちゃんと繋ぐことができただろうか。

（ハヤカワ文庫JA版の解説より転載）

本書は、二〇一二年四月にハヤカワ文庫JAとして刊行された作品を〈ハヤカワ時代ミステリ文庫〉に移行したものです。

著者略歴　1951年北九州市小倉生，作家　著書『乾山晩愁』『銀漢の賦』『秋月記』『蜩ノ記』『鬼神の如く 黒田叛臣伝』他多数

HM=Hayakawa Mystery
SF=Science Fiction
JA=Japanese Author
NV=Novel
NF=Nonfiction
FT=Fantasy

オランダ宿《やど》の娘《むすめ》

〈JA1452〉

二〇二〇年十月十五日　発行
二〇二一年十一月二十五日　三刷
（定価はカバーに表示してあります）

著者　葉《は》室《むろ》　麟《りん》
発行者　早川　浩
印刷者　草刈明代
発行所　株式会社　早川書房
郵便番号　一〇一 - 〇〇四六
東京都千代田区神田多町二ノ二
電話　〇三 - 三二五二 - 三一一一
振替　〇〇一六〇 - 三 - 四七七九九
https://www.hayakawa-online.co.jp

印刷・中央精版印刷株式会社　製本・株式会社明光社

ISBN978-4-15-031452-1 C0193

本書は活字が大きく読みやすい〈トールサイズ〉です。